소중한 _____ 에게

_____ 가(이) 선물합니다.

_____

빨간 머리 앤

2018년 1월 10일 2판 5쇄 펴냄
2011년 8월 10일 2판 1쇄 펴냄
2004년 4월 1일 1판 1쇄 펴냄

펴낸곳 (주)효리원
펴낸이 윤종근
지은이 루시 모드 몽고메리
엮은이 이상교 · **그린이** 김정은
등록 1990년 12월 20일 · **번호** 2-1108
우편 번호 03134
주소 서울시 종로구 삼일대로 457, 1206호
대표 전화 (02)3675-5222 · **편집부** (02)3675-5225
팩시밀리 (02)765-5222
ⓒ 2004, (주)효리원
잘못 만들어진 책은 구입하신 서점에서 바꾸어 드립니다.
ISBN 978-89-281-0106-1 64840
홈페이지 www.hyoreewon.com

빨간 머리 앤

루시 모드 몽고메리 지음
이상교 엮음 / 김정은 그림

효리원
hyoreewon.com

대자연의 아름다움과 따뜻한 인정이 그려진 '빨간 머리 앤'은
캐나다의 여류 소설가인 몽고메리가 어린이들을 위해 쓴
글입니다. 몽고메리가 자란 곳은 소설 속의 애본리이고 어머니를
일찍 여읜 것도 같습니다. 어려서부터 책읽기와 글쓰기를
좋아했던 몽고메리는 열 두 살 때 이미 소설가로 이름이 날 만큼
재주가 뛰어났지요.
무뚝뚝하지만 성실하고 부지런한 매슈와 마릴라에게 어느 날,
어린 손님 하나가 찾아듭니다.
빨간 머리카락에 주근깨를 가진, 고집이 세며 상상력이 풍부한
여자 아이. 그 아이의 이름은 앤 샬리입니다.
앤은 부모를 일찍 여의고, 어린아이를 돌보는 일로 집집을
떠돌아다니다가 결국 고아원에 맡겨집니다. 그러던 끝에 매슈와
마릴라가 사는 집으로 오게 됩니다.
에이본리의 초록 지붕 집은 앤의 마음을 단번에 사로잡지만 앤은
절망감에 빠집니다. 매슈네가 원하던 사내아이가 아니라는 것이
문제였지요.
앤은 어떤 어려움이나 절망 가운데서도 마냥 주저앉아 슬퍼하는

아이가 아니었습니다. 깊이 생각하고 제 생각을 솔직하게 털어놓는 아이입니다. 그리고 꾸준히 노력하여 나를 사랑하는 사람이 기뻐할 만한 사람이 되려고 끊임없이 노력하는 책임감 강한 아이입니다.

앤이 다이애나의 동생인 미니 메이를 위급한 상태에서 구할 수 있었던 것은 앤의 성실함에서 비롯된 일이지요. 고아원에 있기 전, 세 쌍둥이 등 아이들을 돌보면서 얻은 경험 덕이 컸던 것입니다. 앤은 비록 힘들고 어려울지라도 그런 어려움을 기회삼아 자신을 키워 갈 줄 아는 참으로 지혜롭고 현명한 아이입니다.

공부에도 노력을 기울일 뿐 아니라, 보이는 것마다에서 아름다움을 찾아 내려는 앤은 머리에 꽃관을 만들어 쓰기도 하고, 머리카락을 초록색으로 물들이기도 합니다. 소매가 둥그렇고 봉긋한 원피스를 입고 싶어하기도 하지요.

조금은 어리석고 유치해 보이는 그런 과정들을 거쳐 앤은 점점 더 자랍니다. 몸만 자라지 않고 생각도 깊어 가고 슬기로워집니다. 어떤 어려움도 지혜롭게 헤쳐 나갈 힘이 생긴 것이랍니다.

이 책을 통해 어린이 여러분이 청소년으로, 어른으로 자라면서 닥치게 될 갖가지 어려움들을 좋은 깨달음의 기회로 여겨 노력해 주었으면 하는 바람입니다.　　　　　엮은이 이상교

| 차례 |

초록 지붕 집 사람들

애본리 길을 천천히 걸어가다 보면 작은 분지가 나온다.
린드 부인은 바로 그 곳에 산다. 분지 앞에는 잎이 무성한
나무들이 빽빽이 들어차 있고, 카스버트 씨네 근처의 숲에서
시작되는 작은 시내가 소리를 내며 흐르고 있다.
상류에 급류가 있기 때문에 흐름이 퍽 드셀 것 같지만,
린드 씨네 집 가까이에서는 작고 얌전한 시내가 되어 흐른다.
시냇물조차도 린드 부인의 집 앞에서는 예의를 지켜야 한다는
것을 아는 모양이다.
왜냐하면 린드 부인은 창가에 앉아 시냇물에서부터
어린아이들에 이르기까지, 눈에 보이는 모든 일에 참견을

하고 싶어하기 때문이었다. 조금이라도 이상한 점을 발견하면 그 이유를 반드시 알아야 했다.

그녀는 부엌 창가에 몇 시간이라도 앉아 있을 수 있었다. 그곳에서 분지의 오른쪽 끝에서 왼쪽 끝까지 꾸불꾸불 계속되는 길을 지켜보는 것이 그녀의 유일한 소일거리다. 그런 와중에도 그녀는 무명 누비이불을 훌륭하게 만드는 여유를 가지고 있었다.

근처를 오가는 사람은 반드시 이 언덕길을 넘어야만 했다. 따라서 린드 부인의 눈을 피할 도리가 없었다.

6월 초 어느 날이었다. 언제나처럼 린드 부인은 창가에 앉아 밖을 바라보고 있었다.

린드 부인의 남편인 토머스 린드 씨는 건너편 언덕에 있는 밭에서 늦벼 모종을 심고 있었다.

매슈 카스버트는 자기 집(초록 지붕 집) 건너편의 넓은 밭에 이미 씨를 뿌렸다고 했다.

"저기 가는 사람이 매슈 아냐? 어디를 가는 걸까? 나들이옷까지 입은 걸 보니 멀리 가는 게 틀림없어."

언덕길에서 매슈 카스버트를 발견한 린드 부인이 눈동자를 반짝이며 말했다. 마차를 타고 가는 걸 보니 매슈는 꽤 멀리

나갔다 올 모양이었다.

매슈 카스버트는 내성적인 성격이라 사람 만나는 것을
싫어했다. 그래서 좀처럼 외출을 하지 않았다. 그런 사람이
나들이옷을 입고 마차까지 타고 나가는 것을 보자
린드 부인은 호기심이 부쩍 일었다.

'매슈가 무엇 하러 나들이옷을 입고 나가는 건지 물어
봐야겠군.'

린드 부인은 매슈와 마릴라가 사는 초록 지붕 집으로 향했다.
마을 사람들은 카스버트 씨 집이 초록빛 지붕으로 된
집이어서 '초록 지붕 집'이라고 불렀다.

린드 부인의 집에서 과수원 안에 있는 초록 지붕 집은 멀지
않았다. 그렇지만 긴 오솔길을 지나가야 했기 때문에 어느
때는 퍽 지루하게 느껴졌다.

초록 지붕 집을 지은 매슈의 아버지는 아들 못지않게
내성적인 성격이어서 사람들의 눈에 띄지 않는 외딴 곳에
집을 지은 것이었다. 그래서 애본리 마을에서는 그 집의
초록색 지붕만 겨우 보였다.

'어째서 이토록 외딴 곳에 집을 지은 거지?'

린드 부인은 이해할 수가 없었다.

초록 지붕 집 뒤뜰은 나무와 풀이 무성하게 우거졌고, 집은 말끔하게 정돈되어 있었다. 식탁에는 접시 세 개가 얌전하게 놓여 있었다.

매슈가 누군가를 데려올 모양이었다. 그러나 별다른 요리가 없는 것으로 보아 귀한 손님은 아닌 것 같았다.

"어서 오세요, 린드 부인. 댁은 모두 안녕하시지요?"

마릴라와 린드 부인은 성격이 전혀 다름에도 불구하고 서로 친하게 잘 지냈다.

마릴라는 키가 크고 마른 편이어서 퍽 날카로워 보였다. 위로 바싹 치켜 올린 머리에는 희끗희끗하게 센 머리카락이 보였다.

"염려해 주는 덕분에 잘 지내고 있어요. 마릴라는 어떻게 지냈어요? 카스바트 씨가 외출하는 걸 보고 마릴라가 아파서 의사를 부르러 가시는 건 아닌가 생각했지요."

린드 부인의 말을 들은 마릴라는 잠자코 웃었다.

매슈가 외출하는 걸 보는 즉시 궁금한 걸 못 참는 린드 부인이 찾아올 거라고 생각했기 때문이었다.

"그게 아니라 매슈 오빠는 브라이트리버 역에 갔어요. 고아원에서 어린 사내아이 하나를 데려오기로 했거든요. 오늘

기차역에 도착한다고 해서 마중을 나간 거예요."

"마릴라, 정말이에요?"

'아이고, 하필이면 고아원에서 아이를 데려오다니!'

린드 부인이 놀라자 마릴라가 다시 설명해 주었다.

"알렉산더 스펜서 씨의 부인이 성탄일 전에 집에 왔었어요.
봄에 호프 타운의 고아원에서 여자 아이를 데려올 생각이라고
하더군요. 그래서 우리도 아이를 한 명 데려오기로 했어요.
매슈 오빠 나이가 예순이 넘어 일하기가 쉽지 않고
심장병까지 앓고 있어서요. 그런데 마침 지난 주에 스펜서
부인이 아이를 데리러 간다는 얘기를 듣고, 우리도 열 살쯤 된
사내아이를 데려다 달라고 부탁했어요. 그 나이 또래면 쉬운
일 정도는 할 수 있으니까요. 우리는 그 아이를 친자식처럼
키우고 학교에도 보낼 생각이에요. 오늘 오후 5시 30분 차로
온다고 연락이 와서 오빠가 마중을 나간 거랍니다."

린드 부인은 속으로 크게 놀랐지만 아닌 척하고 말했다.

"어쩌죠? 내 생각엔 당신들이 신중하지 못한 결정을 내린 것
같아요. 고아원에서 근본도 없는 아이를 데려다 키우겠다니.
부모가 어떤 사람인지, 성질은 어떤지 아무것도 모르잖아요.
만일 내가 미리 알았더라면 당신들을 말렸을 거예요."

린드 부인이 별로 고맙지 않은 조언을 했는데도 마릴라는 태연히 뜨개질만 계속했다.

"처음에는 나도 망설였는데, 오빠가 한사코 데려오겠다고 해서요. 오빠가 이번처럼 고집을 부린 적은 없었어요. 어쨌거나 사람이 하는 일은 거의 다 위험하지요. 걱정하기 시작하면 자기가 낳은 자식도 마음 편한 건 아니지요. 아이들이 항상 잘 되는 것은 아니잖아요?"

"아무튼 일이 잘 되길 바라겠어요."

린드 부인은 매슈가 고아를 데리고 집에 돌아올 때까지 기다리고 싶었다. 그러나 매슈가 돌아오려면 두 시간도 더 걸릴 것 같아 마을로 가서 이 소식을 전하기로 하였다. 이 이야기는 분명히 마을을 떠들썩하게 할 화젯거리였다. 린드 부인은 오솔길을 되돌아오며 혼자 중얼거렸다.

"이런! 꼭 꿈을 꾸는 것 같아. 아, 가엾은 것! 그 어린애가 안됐어. 암, 안됐고말고! 매슈와 마릴라는 어린아이들에 대해 아무것도 모르잖아. 초록 지붕 집에서 어린아이가 살 거라는 건 상상조차 해 본 적이 없어. 그 집에서 어린아이를 본 적이 한 번도 없으니까. 매슈와 마릴라가 어른이 다 되었을 때 그 집을 지었잖아!"

빨간 머리 소녀

매슈 카스바트와 밤색 암말은 브라이트리버 역을 향해 기분
좋게 달려가고 있었다.

길은 들판을 지나 전나무 숲을 빠져 나간 후, 자두꽃이 피어
있는 아름다운 길로 이어졌다.

사과 과수원에서 달콤한 향기가 바람에 실려 오고
목장에서는 소 떼들이 한가로이 풀을 뜯고 있었다.

새들은 진주빛 안개가 낀 지평선을 들락날락하면서
날아다녔다. 매슈는 즐거운 기분이었지만 부인들과 마주쳐
고개를 숙여야 할 때는 조금 불편했다. 길에서 만나는 사람과
가볍게 인사를 하는 것은 기본적인 예의였다.

매슈는 마릴라와 린드 부인 이외의 여자들과는 거리를
두려고 했다. 모든 여자들이 자기를 비웃는다고 생각했기
때문이었다.

그의 생각이 틀린 것은 아니었다. 그의 얼굴은 울퉁불퉁하고
구릿빛 머리칼은 앞으로 굽은 어깨까지 늘어져 있고, 갈색
수염은 매우 묘한 분위기를 풍겼다.

매슈가 브라이트리버 역에 도착했을 때, 기차는 그림자도
보이지 않았다.

'내가 너무 일찍 왔나?'

플랫폼에는 오가는 사람이 하나도 없었다.

다만 맨 끝 자갈밭 위에

앉아 있는 아이 하나가

보일 뿐이었다.

매슈는 그 아이에게는 전혀 신경을 쓰지 않고 빠른 걸음으로 옆을 지나쳤다. 그가 잠깐 동안만이라도 그 쪽으로 눈길을 주었다면, 그 아이가 누군가를 열심히 기다리고 있다는 것을 알 수 있었을 것이다.

매슈는 역장을 발견하고 다가가서는 5시 반 기차가 언제 도착하는지 물어 보았다.

"5시 반 기차는 벌써 30분 전에 지나갔습니다. 그런데 당신을 기다리는 손님이 한 사람 있긴 합니다. 작은 여자 아이지요. 대합실에서 기다리라고 했더니 바깥의 자갈밭이 훨씬 좋다고 말하더군요. 밖이 넓어서 상상하기에 좋다나요."

역장 말에 매슈는 당황해하며 입을 열었다.

"내가 마중 나온 아이는 여자 아이가 아니고 사내아이인데……. 사내아이가 이 곳에 오기로 되어 있어요. 스펜서 부인이 노바스코샤에서 데려다 주기로 했거든요."

이 말을 듣고 역장은 '휘익' 하고 휘파람을 불고는 말했다.

"착각하신 거 아닌가요? 스펜서 부인은 저 여자 아이와 함께 기차에서 내리더니, 나에게 저 아이를 맡기면서 말하더군요. 당신과 당신 여동생이 저 아이를 고아원에서 입양하기로 해서

마중 나올 것이라고요."

매슈는 무슨 말을 해야 할지 알 수가 없었다.

"어찌 된 영문인지 모르겠군."

그렇게 중얼거리며 '마릴라가 있었으면 어떻게든 해 주었을 텐데.' 하고 생각했다. 그런 매슈를 보고 역장이 매우 딱하다는 듯이 말했다.

"저 아이에게 물어 보는 것이 좋겠군요. 저 아이라면 이유를 알 거예요. 어쩌면 당신이 원하던 사내아이가 고아원에 없었는지도 모르고요."

매슈에게 그 일은 사자굴에 들어가는 것만큼이나 괴로운 일이었다. 그는 생전 처음 보는 여자 아이에게 다가가 이렇게 물어야만 했다.

"여자 아이가 나를 기다리다니, 이상하지 않니?"

사실 소녀는 처음부터 매슈의 얼굴에서 단 한순간도 눈을 떼지 않고 있었다.

소녀의 나이는 열한 살 정도였고, 작고 말랐으며 얼굴에는 주근깨가 많았다. 무명과 털실로 짠 옷은 작고 낡아서 답답해 보였고, 색 바랜 모자 밑으로는 붉은 머리카락이 양 갈래로 땋아져 있었다.

매슈가 다가서자 소녀는 낡은 손가방을 들고
일어나 매슈에게 손을 내밀었다.
"초록 지붕 집의 매슈 카스바트 아저씨인가요?
뵙게 되어 정말 반가워요. 저는 혹시 마중을
나오시지 않는 것은 아닐까 하고 무척이나
걱정했어요. 만약 밤까지도 나오시지 않으면 저
벗나무에 올라가 하룻밤을 보낼까 생각

중이었어요. 달빛 아래 하얗게 핀 벚꽃 속에서 잠들다니
얼마나 멋진 일이에요! 조금도 무섭진 않을 거예요. 전 오늘
저녁에 안 오시면 내일 아침에는 꼭 마중을 나오실 거라고
생각했어요."

잠자코 듣던 매슈는 소녀를 두고 갈 순 없다고 생각했다. 들뜬
소녀에게 차마 아이가 바뀌었다고 말할 수는 없었다. 매슈는
소녀를 집으로 데리고 가서 마릴라와 의논해 보는 게
좋겠다고 생각했다.

"늦어서 미안하구나. 자, 가자. 가방은 내가 들어 주마."

"아니, 제가 들겠어요. 제 전 재산이 들어 있긴 하지만 무겁지
않아요. 게다가 잘못 들다간 손잡이가 빠져 버리니까 제가
드는 편이 나아요. 아저씨가 오셔서 참 기뻐요. 아저씨 집은
먼가요? 스펜서 아주머니는 약 8마일쯤 될 거라고 하셨어요.
전 마차 타는 걸 아주 좋아해요. 이제 아저씨네 가족이 될 걸
생각하니 가슴이 뛰어요. 전 가족들과 함께 살아 본 적이
없거든요. 넉 달 동안 고아원에 있었는데 끔찍했어요. 나쁜
뜻으로 말하는 것은 아니에요. 고아원 사람들은 좋은
사람들이지만 즐거운 상상 같은 건 하나도 할 수 없었어요."

소녀는 쉴새없이 재잘거리다 마차 앞에서야 입을 다물었다.

앤은 수다쟁이

매슈와 앤은 마차를 타고 시내를 벗어나 애본리로 가는 좁은
오솔길로 들어섰다. 길가에는 자두꽃과 벚꽃이 활짝 피었고
자작나무 숲은 울창하게 우거져 있었다.

"저 길을 좀 보세요! 전에 프린스 에드워드 섬이 세계에서
가장 아름다운 곳이라는 얘기를 듣고, 그런 곳에서 한번 살아
봤으면 했는데……. 정말 이렇게 아름다운 곳으로 오게 될
줄은 몰랐어요. 꿈만 같아요."

소녀는 상기된 얼굴로 말을 이었다.

"저기 서 있는 벚나무를 보면 아저씨는 어떤 생각을 하세요?"

"글쎄, 별로 생각해 본 것이 없구나."

"저는 새하얀 레이스 달린 옷을 입은 신부
같다고 생각했어요. 아직 신부를 보지는
못했지만 그렇게 상상이 돼요. 그런데 어쩌죠?
전 신부가 될 수 없을 것 같아요. 저처럼 못생긴
주근깨투성이하고 누가 결혼을 하고 싶겠어요?
그렇지만 저는 새하얀 드레스는 꼭 입어 보고
싶어요. 아저씨 생각은 어떠세요?"

"글쎄, 잘 모르겠구나."

"아, 괜찮아요. 시간이 흐르면 차츰 알게 될
테니까 말예요. 만일 세상 일을 미리 다 알 수
있다면 상상할 일은 한 가지도 없겠지요.
아저씨, 제가 너무 말이 많지요? 저는
수다스럽다는 소리를 많이 들었어요."

매슈는 소녀의 이야기를 듣는 동안 기분이
좋아지는 것을 느끼고 놀랐다. 매슈는 여자라면
어린아이와도 말하기를 싫어했다. 특히
수다스러운 여자나 재잘대는 여자 아이라면
질색을 했다. 그러나 이 소녀만은 달랐다.
귀엽고 독특한 생각이 재미있게 느껴졌다.

"괜찮다. 얘기를 하고 싶으면 더 하렴."

"정말요? 말이 지나치게 많은 건 좋지 않다고 말씀하실 줄 알았어요. 얘기를 맘껏 할 수 있다니 정말 기뻐요."

"네 말도 맞긴 하다."

매슈는 고개를 끄덕이며 말했다.

"아저씨네 집이 숲에 둘러싸여 있다는 말을 듣고 무척 기뻤어요. 전 나무를 좋아하거든요. 근처에 냇물이 있나요?"

"바로 앞으로 냇물이 흐르지."

"정말요? 전 늘 집 가까이에 냇물이 있었으면 하고 바랐어요. 이제 그런 집에서 살게 되다니 정말로 행복할 거예요. 하지만 이 머리카락을 좀 보세요. 무슨 색깔 같아요?"

소녀는 매슈에게 물었다.

"빨강이구나."

"네, 빨간색이에요. 전 이 머리카락 빛깔 때문에 행복해질 수 없을 것 같아요. 주근깨는 상상 속에서 지워 버릴 수 있지만 이 머리카락만은 도저히 어쩔 수가 없어요. 그걸 생각하면 가슴이 답답해요. 제 인생에서 가장 큰 슬픔은 아마 이 빨간 머리카락일 거예요."

마차가 길모퉁이를 돌자 양쪽으로 사과나무 가로수가 줄지어

나타났다. 황금빛 저녁놀에 비친 새하얀 사과꽃은 무척
아름다웠다.

소녀는 황홀한 꿈이라도 꾸는 듯한 눈으로 사과꽃을
바라보았다. 그러고는 마을을 다 지날 때까지 꽃에서 눈을
떼지 않았다.

소녀가 잠자코 있자 매슈가 입을 열었다.

"배도 고프고 피곤하겠구나. 이제 집이 얼마 남지 않았다.
2킬로미터만 더 가면 된단다."

"아저씨, 지금 지나 온 하얀 꽃이 핀 길을 뭐라고 부르죠?"

"그냥 '가로수 길' 이라고 부른단다."

"멋이라곤 없는 이름이군요. '환희의 길' 이라고 부르는 게
좋겠어요. 앞으로는 저 혼자서라도 '환희의 길' 이라
부를래요. 집까지 얼마 남지 않았다니 서운하네요. 오는 동안
너무 즐거웠거든요. 아무튼 곧 집에 도착한다니 기뻐요."

언덕을 넘어가자 기다란 연못이 나왔다. 연못에는 통나무
다리가 놓여져 있고, 둘레에는 아름다운 꽃들이 수를 놓은
듯이 피어 있었다.

마차가 언덕을 넘어 길모퉁이를 돌자 매슈가 말했다.

"이제 다 왔구나. 초록 지붕 집은……."

"잠깐만요."

소녀는 다급하게 매슈의 말을 막으며

말했다.

"제가 알아맞혀 볼게요. 틀림없이

알아맞힐 수 있을 거예요."

소녀는 사과나무가 늘어서 있는 마을을

잠시 바라보았다. 그러고는 멀리 떨어져

있는 집 한 채를 가리켰다.

"저기예요. 맞지요?"

"그래, 잘 맞혔구나. 스펜서 아주머니께

미리 들어서 맞힌 것은 아니냐?"

"아니, 듣지 못했어요. 그냥 저 초록 지붕

집을 처음 보는 순간, 저기가 우리 집일

거라는 느낌이 들었어요."

기쁨에 들떠 있는 소녀를 보면서 매슈의

마음은 조금씩 무거워졌다. 집으로

가자마자 모든 사실을 알게 될 텐데…….

소녀가 얼마나 실망할까 걱정이 되었다.

낯선 여자 아이

집에 도착한 매슈가 문을 열자, 마릴라가 다급한 걸음걸이로
뛰어나왔다.

"매슈, 저 아이는 누구예요?"

보기 흉할 만큼 몸에 꼭 끼는 옷을 입고, 눈동자를 반짝반짝
빛내면서, 빨간 머리카락을 뒤로 늘어뜨린 이상한 여자
아이를 발견한 마릴라가 놀란 목소리로 물었다.

"데리고 오기로 한 사내아이는 어디 있냐고요?"

"사내아이는 없고 이 아이뿐이었어."

매슈는 힘없이 대답하고는 소녀 쪽을 향해서 애써 웃어
보였다. 그 순간 매슈는 자신이 아직 아이의 이름도 물어 보지

않았다는 사실을 깨달았다.

"그럴 리가 없어요. 분명 사내아이를 보내 달라고
부탁했어요."

"역장에게도 물어 봤는데, 이 아이뿐이었어. 아무리
착오였다고 해도 이 아이를 역에 그냥 버려 둘 수는 없잖아."
마릴라가 소리쳤다.

"어떻게 이런 일이 일어날 수 있는 거죠? 아이고, 골치 아프게
됐네!"

두 사람의 이야기를 듣던 소녀의 얼굴이 하얗게 질렸다.
그리고 잠시 후, 소녀는 보물처럼 소중히 여기던 손가방을
바닥에 내려놓고는 비틀비틀 앞으로 걸어 나오며 울음을
터뜨렸다.

"절 원한 게 아니었군요! 사내아이가 아니라서 제가 싫은
거죠, 그렇죠? 지금까지 저를 맘에 들어한 사람은 아무도
없었어요. 사실 저 역시 처음부터 기대하지는 않았어요. 저도
진심으로 저를 사랑해서 데리러 올 사람은 없을 거라고
생각했어요. 이제 저는 어떻게 하면 좋죠? 눈물이 나올 것
같아요."

그러더니 옆에 있는 의자에 털썩 주저앉아 어깨를 들썩이며

흐느껴 울기 시작했다.

마릴라와 매슈는 어쩔 줄 몰라 하며 서로 얼굴만 마주 보고
있었다. 그러다 잠시 후, 마릴라가 입을 열었다.

"애야, 그렇다고 울 필요까지는 없잖니?"

그러자 소녀는 갑자기 고개를 들고 외쳤다.

"정말 그렇게 생각하세요? 만약 아줌마가 고아인데다가 오갈
데가 없는 처지라고 가정해 보세요. 그런데 운이 좋게도
앞으로 자기가 살 집이 생겼어요. 무척 기뻤지요. 하지만 막상
도착해 보니 사내아이가 아니기 때문에 되돌아가야 한다면
기분이 어떻겠어요? 아마도 울 수밖에 없을 거예요. 이보다 더
슬픈 일이 또 어디 있겠어요?"

소녀의 얼굴은 눈물범벅이었고, 입술은 부들부들 떨렸다.
소녀의 그런 모습을 보던 마릴라의 입가에 미소가 살짝
떠올랐다. 오랫동안 볼 수 없었던 미소였다.

"그렇다고 오늘 밤 당장 널 보내지는 않을 거야. 일이 어떻게
된 건지 알아볼 때까지는……. 그런데 네 이름은 뭐니?"

소녀는 잠시 머뭇거리더니 애원하듯이 말했다.

"앤 셜리라고 해요. 그렇지만 콜리데이라고 불러 주세요. 저는
그 이름이 맘에 들거든요."

"그래, 좋아. 그런데 어떻게 된 일인지 얘기해 주겠니? 우리는
스펜서 부인에게 사내아이를 보내 달라고 말씀드렸거든."
"이 집에서 원하는 아이는 열한 살쯤 된 여자 아이라고 스펜서
아주머니가 말씀하셨어요. 그래서 고아원 원장님은 제가 좋을
거라고 하셨고요. 그 얘길 듣고 너무 기뻤어요. 여자 아이는
필요 없다는 걸 역에서 말씀해 주셨으면 차라리 좋았을
텐데……."

앤은 매슈를 향해 원망스럽다는 듯이 말했다.

"환희의 길이나 아름다운 연못을 보지 않았더라면, 지금 저는 덜 괴로울 거예요."

"마릴라, 이 애는 가로수 길을 '환희의 길'이라고 말하는 거란다. 마구간에 말을 매고 올 테니 식사 준비나 해 주겠니?"

매슈가 나가자 마릴라는 다시 앤에게 물었다.

"스펜서 부인은 너말고 또 어떤 아이를 데리고 왔니?"

"그 아주머니는 릴리라는 여자 아이를 데려가셨어요. 참 예쁘게 생겼어요. 만일 제가 예쁘게 생겼더라면 아주머니도 절 이 집에 살게 해 주시겠죠?"

"그건 아니야. 오해하지 않았으면 좋겠구나. 우린 아저씨의 밭일을 도울 수 있는 사내아이가 필요했던 거야. 여자 아이는 우리 집에서 할 일이 없단다."

매슈가 들어오자, 세 사람은 곧 저녁을 먹기 시작했다. 그러나 앤은 빵을 조금 떼어 먹었을 뿐이었다.

"그만 먹는 거니?"

"이런 절망적인 순간에 어떻게 음식을 먹을 수 있겠어요?"

"마릴라, 앤은 몹시 피곤할 거야. 재우는 게 좋겠구나."

얘기를 듣던 매슈가 말했다. 마릴라는 촛불을 밝히고 2층으로

앤을 데리고 올라갔다.

앤이 들어간 2층 방은 깨끗했지만, 차가운 느낌을 주었다.

"잠옷은 있겠지?"

"네, 두 벌이나 있어요. 고아원에서 준 건데, 조금 작긴 하지만
입을 수는 있어요."

"그럼 이제 잠옷으로 갈아입고 잠을 자도록 해라. 촛불을
가지러 다시 오마."

마릴라가 나간 뒤 앤은 방 안을 둘러보았다. 하얗게 칠한 벽과
구석에 덩그러니 놓인 침대가 딱딱하고 쓸쓸한 느낌을
주었다. 앤은 재빨리 잠옷으로 갈아입고 침대에 들어가
머리까지 이불을 뒤집어썼다.

조금 지나 촛불을 가지러 온 마릴라는 방바닥에 아무렇게나
널려 있는 앤의 옷들을 의자에 차곡차곡 올려놓고 침대
가까이 다가갔다.

"얘야, 잘 자거라."

그러자 앤이 이불을 젖히고 얼굴을 쑥 내밀더니 말했다.

"어떻게 편안한 마음으로 잠을 잘 수가 있겠어요. 오늘같이
괴로운 밤에 말이에요."

앤은 퉁명스럽게 말하고 이불 속으로 다시 들어가 버렸다.

마릴라는 부엌으로 내려와 식탁을 치우기 시작했다. 그
옆에서 매슈는 아무 말 없이 담배만 피웠다.

"제가 내일 스펜서 씨 댁에 다녀와야겠어요. 저 아이를
고아원으로 돌려보내야 할 테니까요."

"그렇긴 해도 아이는 귀엽고 좋은 애 같구나."

"저 애를 그냥 데리고 있겠다는 말씀을 하시는 건 아니겠죠?"

"그럴 수는 없겠지."

매슈는 머뭇거리며 겨우 대답을 했다.

"오라버니, 도대체 저 아이가 우리한테 무슨 도움이
되겠어요?"

그런데 매슈가 아주 뜻밖의 말을 했다.

"그렇지만 저 애가 집에 있으면 네 말동무도 되고 집안일도
거들 수 있을 텐데……."

"저는 말동무 같은 건 필요 없어요. 집안일도 지금까지 혼자
잘 해 왔는걸요."

"그래. 네 말이 맞구나."

매슈는 곧 자기 방으로 들어갔다. 마릴라도 부엌일을 마저
끝내고 언짢은 표정으로 자기 방으로 향했다.

가여운 앤

앤이 잠에서 깼을 때는 이미 해가 높이 솟아 있었다.

창문으로는 밝은 햇빛이 가득 들어오고, 활짝 핀 벚꽃

둘레에는 맑고 푸른 하늘이 넓게 펼쳐져 있었다.

잠시 동안 앤은 자기가 어디에 있는지 잊고 있었다. 그러나 곧

이 집에 사는 사람들은 자신을 원하지 않는다는 사실을

깨달았다.

그렇지만 앤은 자리에서 힘차게 일어나 창문을 활짝

열어젖혔다. 앤은 무릎을 꿇고 앉아 상쾌한 6월의 아침 풍경을

바라보았다.

창문에 닿을 만큼 가지를 넓게 뻗은 큰 벚나무는 하얀 꽃을

가득 피웠고, 과수원에는 사과꽃이 만발했다. 그리고
라일락꽃은 숨이 막힐 만큼 달콤한 향기를 바람에 실어 보내
왔다. 건너편 분지에서는 시냇물이 소리를 내며 흐르고,
가까이에는 자작나무가 심어져 있었다. 왼쪽 헛간 너머로
비스듬한 언덕이 멀리까지 뻗어 있고, 언덕이 끝나는 곳에
푸른 바다가 반짝반짝 빛나고 있었다.

이제까지 삭막한 풍경만을 질리도록 보아 온 앤은 마치 꿈을
꾸는 듯했다. 정신 없이 경치에 취해 있는 앤의 어깨에
누군가가 손을 얹었다. 놀라 돌아보니 마릴라였다.

"옷을 갈아입으려무나."

마릴라가 퉁명스럽게 말했다.

마릴라가 무뚝뚝하게 말한 건 특별히 나쁜 마음이 있어서가
아니었다. 어린 여자 아이에게 어떻게 말을 건네야 좋을지
몰랐기 때문이었다.

앤은 숨을 크게 쉬며 창 밖을 가리켰다.

"정말 멋져요."

"저 나무 말이니? 저 나무는 꽃은 예쁘지만 열매는 맺지
못한단다. 벌레만 득시글거리지."

마릴라가 대답했다.

"제가 말하는 것은 저 나무 한 그루만이 아니에요. 나무는
모두 아름다워요. 정원도, 과수원도, 시냇물도, 숲도 저는 다
좋아해요. 보세요. 세상이 너무 아름답잖아요? 초록 지붕 집
근처에 시내가 있다니, 너무 기뻐요. 아줌마가 저를 떠나게 해
이 곳을 두 번 다시 못 본다고 해도 초록 지붕 집 옆에 작은
시내가 있었던 건 잊지 못할 거예요. 저는 실은……. 아침엔
절망에 빠지지 않지요. 그렇지만 지금은 무척 슬퍼요."
끊임없이 떠드는 앤의 이야기를 듣던 마릴라가 앤의 말을
가로막았다.
"무엇보다 빨리 옷을 갈아입고 내려오너라. 식사 준비가 다
되었으니까 세수하고 머리를 빗으려무나. 창문은 그냥 열어
두고 이불을 잘 개어 얹어라."
식탁 앞에 앉게 된 앤은 곧 다시 재잘거리기 시작했다.
"어저께 밤에는 너무 속이 상해 세상이 따가운 가시밭처럼
느껴졌는데 밝고 맑은 아침 햇빛을 보니 정말 기뻐요. 걱정이
많을 땐 슬픈 이야기를 읽는 느낌이 들어요. 그렇지만 정말로
슬픈 일을 겪는 건 싫어요."
"제발 그만 하고 밥이나 먹어라. 말이 너무 많구나."
마릴라의 퉁명스러운 말에 앤은 입을 다물었다.

셋은 조용히 아침 식사를 했다. 식사가 끝나자 마릴라는

매슈에게 물었다.

"마차를 좀 타고 나가도 되겠어요?"

매슈는 잠자코 고개를 끄덕였다. 그러면서 측은한 눈빛으로

앤을 바라보았다.

마릴라는 눈치를 알아차리고 딱 잘라 말했다.

"화이트샌드의 스펜서 부인이 이 아이를 고아원으로

되돌려보낼 수 있는 절차를 밟아 줄 거예요."

매슈는 잠자코 말과 마차를 준비해 주었다.

마릴라는 앤을 마차에 태운 뒤 말채찍을 손에 들었다.

"저는 지금 괴롭지만 화이트샌드에 가는 동안만이라도 즐거운

마음을 갖기로 했어요. 아, 분홍 장미꽃이 피었어요. 분홍색은

환희의 빛깔이라면서요. 전 분홍색을 참 좋아해요. 하지만

머리가 빨갛기 때문에 상상 속에서라도 분홍 옷은 입지

못해요. 아주머니, 제가 크면 빨간 머리가 다른 색으로 변할

수 있을까요?"

"글쎄, 아직까지 그런 사람은 못 보았구나."

앤은 그 말을 듣고 한숨을 쉬었다.

그러나 곧 다시 묻기 시작했다.

"우리는 지금 어디로 가는 거죠?"

"조금 있으면 바닷가를 지나가게 된단다."

"바닷가란 말이 참 멋있게 들려요. 그리고 화이트샌드란
이름도 멋지고요. 그 곳까지는 얼마나 되나요?"

"8킬로미터쯤 된다. 넌 말하는 걸 좋아하는구나. 그렇다면
네가 자라 온 얘기를 좀 해 주겠니?"

"지나간 얘기는 하고 싶지 않아요. 슬픈 얘기뿐이거든요.
차라리 제 상상 속에 있는 과거 얘기가 훨씬 더 나을 거예요."

"아니, 나는 사실 그대로를 듣고 싶구나."

앤은 하는 수 없다는 표정을 지으며 이야기를 시작했다.

"제 고향은 노바스코샤의 볼링블록이고요, 부모님은 두 분 다
중학교 선생님이셨대요. 아버지 이름은 월터 샬리이고,
어머니 이름은 바샤 샬리예요. 어머니는 결혼 후에 학교를
그만두었는데 생활이 무척 가난했대요. 토머스 아주머니가
그러시는데 저처럼 못생긴 아이는 처음 보셨대요. 하지만
어머니는 저를 무척 예뻐하셨대요. 그런데 어머니는 제가
태어난 지 석 달 만에 열병으로 돌아가시고, 아버지도 나흘
후에 돌아가시고 말았대요. 하루 아침에 제가 고아가 되자
모두 어떻게 해야 할지 몰랐대요. 누구 하나 절 키워 주겠다고

나서는 사람이 없었대요. 가난한 토머스 아주머니만이 저를
길러 주시겠다고 나선 거예요. 아주머니는 저를 우유를 먹여
키우셨어요. 토머스 아저씨와 아주머니가 볼링블록에서
메리스빌로 이사 갈 때도 저를 데려가 주셔서 여덟 살까지
함께 살았어요. 그 집에는 작은 아이들이 넷이나 있었는데, 전
그 집 아이들을 보살펴 주며 지냈지요. 아기 보는 일은 참

어려웠어요. 그런데 토머스 아저씨가 기차에서 떨어져
돌아가시고 말았어요. 저는 다시 갈 곳을 잃었지요. 토머스
아저씨의 어머니가 모두를 자기 집에 데려가려 했지요.
그래서 저는 윗마을에 사는 해먼드 아주머니 집으로 갔어요.
전 거기에서 2년 동안이나 해먼드 아주머니와 함께 살았어요.
해먼드 아주머니 댁은 쓸쓸한 곳이어서 상상 속에 살지
않았더라면 견디기 힘들었을 거예요. 해먼드 아저씨는 목재소
일을 했고, 아이들이 여덟이나 되었어요. 쌍둥이가 세 쌍이나
되었어요. 전 아이들을 좋아하는 편이지만 쌍둥이를 세
쌍이나 보살피는 건 보통 일이 아니었어요. 그런데 해먼드
아저씨도 돌아가신 거예요. 아주머니는 아이들을 친척집에
맡기고 다른 곳으로 가셨어요. 그래서 저는 호프 고아원으로
갈 수밖에 없었어요. 고아원에도 아이들이 많아서 저를 받아
주길 꺼렸지요. 며칠 전 스펜서 아주머니를 만나기 전까지 넉
달 동안 고아원에서 살았어요.”
앤은 이야기를 다 마치고 긴 한숨을 내쉬었다.
“학교는 다닌 적 있니?”
“오래는 못 다녔어요. 토머스 아저씨 댁과 해먼드 아주머니
댁에 있을 때 잠깐 다녔지요. 그것도 학교가 너무 멀어서

겨울엔 걸어갈 수가 없었고, 여름엔 학교가 문을 닫았기
때문에 봄가을에만 다녔어요. 고아원에서는 내내 다녔고요."
"토머스 아주머니와 해먼드 아주머니는 너에게 잘 해
주셨니?"
"네."
앤은 망설이다가 대답했다.
"어려운 생활이었지만 두 분 아주머니들이 저를 위해
노력했다는 것을 잘 알아요. 남편이 매일 술만 마신다는 건 참
힘든 일 아니겠어요? 더군다나 해먼드 아주머니는 세 쌍이나
되는 쌍둥이를 키우시려니 더 어려우셨을 거예요. 두 분 다
그런 어려움 속에서도 저에게 잘 해 주셨다는 걸 잘 알아요."
마릴라는 지금까지 아무에게도 사랑을 받아 본 적이 없는
앤이 문득 가엾게 느껴졌다. 이제 살 집이 생겼다며 앤은 마음
속으로 무척 기뻐했을 것이었다. 그런 앤을 돌려보내야
하다니…….
마릴라는 매슈 말대로 앤을 집에 있게 하면 어떨까 하고
생각해 보았다. 좀 수다스럽긴 하지만 성격이 좋아 보이고
말이나 태도도 비교적 얌전한 편이어서 가르치기가 그다지
어려울 것 같지는 않았다.

고마운 마릴라

스펜서 부인은 화이트샌드 강 입구에 살고 있었다. 부인은 환영하는 얼굴로 두 사람을 맞아 주었다.

"이런! 이렇게 일찍 오시리라고는 생각도 못 했어요. 잘 오셨어요. 잘 잤니, 앤?"

"네, 안녕하세요?"

앤은 어두운 얼굴로 대답했다.

마릴라는 스펜서 부인을 찾아온 용건을 말했다.

"저어, 착오가 생긴 것 같아서 바로잡으려고 온 거랍니다. 매슈와 저는 부인의 오라버니인 리처드 씨에게 열 살이나 열한 살 가량의 사내아이를 부탁한다고 부인께 전해 달라고

말씀드렸는데……."

"네? 마릴라 씨, 그런데……."

스펜서 부인은 어쩔 줄 몰라 하며 대답했다.

"저런! 리처드는 조카딸 낸시를 보내 당신들이 여자 아이를
부탁했다고 말했어요. 그렇지 않니, 플로라 제인?"

스펜서 부인은 때마침 계단을 내려오는 딸에게 물었다.

"맞아요, 분명히 그렇게 말했어요."

스펜서 부인의 딸이 고개를 끄덕였다.

그들의 말에 마릴라가 체념한 듯 입을 열었다.

"우리가 나빴어요. 중요한 일을 말로 전해 착오가 생긴 것
같군요. 어쨌든 이제는 일을 어떻게 매듭짓느냐가 문제군요.
애를 고아원에 돌려보내면 다시 받아 줄지 말예요."

"받아 주기야 하겠지만 그럴 필요는 없을 것 같네요. 어제
블루엣 부인이 찾아와서 일을 도와 줄 여자 아이를 데려오고
싶다고 말했거든요. 앤이 딱 적당하군요. 신의 뜻이에요."

그러나 마릴라는 신의 뜻에 동의하고 싶지 않았다. 블루엣
부인과는 얼굴만 아는 정도지만, 깡마른데다 잔소리가 심한
여자였다. 소문에 의하면 무섭게 일만 하는 사람이라고 했다.
그 집에서 일하다 나온 사람들 말로는 부인은 화를 잘 내며 그

집 아이들은 제멋대로라서 견뎌 낼 사람이 없을 거라고 했다.
마릴라는 앤을 그런 부인에게 넘겨줄 수는 없다고 생각했다.

"그 전에 잠깐 의논 좀 할까요?"

마릴라가 그렇게 말했을 때 스펜서 부인이 외쳤다.

"아, 마침 블루엣 부인이 오는군요. 잘 됐죠? 지금 바로
결정할 수 있겠네요."

스펜서 부인은 두 사람을 서둘러 거실로 안내했다.

블루엣 부인이 방으로 들어오자 앤은 딱딱한 자세로 의자에
앉아 블루엣 부인을 바라보았다.

앤은 가슴이 막히고 눈물이 고여 더 이상 참을 수 없을
지경이었다. 그 때 스펜서 부인이 앤을 가리키며 입을 열었다.

"블루엣 부인, 저는 카스버트 씨 남매가 여자 아이를 원하는
줄 알았는데 남자 아이를 원하신다는군요. 블루엣 부인께서
어제 말했던 대로라면 이 여자 아이가 마음에 드실는지요?"

블루엣 부인은 스펜서 부인의 말을 듣고는 앤을 머리끝부터
발끝까지 훑어보았다. 그런 다음 차가운 목소리로 입을
열었다.

"몇 살이니? 그리고 이름은?"

"열한 살, 앤 샬리에요."

앤은 떨리는 목소리로 겨우 대답했다.

"음, 똑똑해 뵈지는 않지만 의지력은 강할 것 같군. 미리
말하지만 우리 집에 오게 되면 시키는 대로 일을 잘 하는
아이가 되어야 할 거야. 애써 먹여 주는 만큼 일을 해야 해.
알겠니? 자, 카스버트 씨, 이 아이는 제가 데려가겠습니다.
괜찮으시다면 지금 당장 이 아이를 데려가고 싶군요."

그 때 앤을 바라본 마릴라는 놀라고 말았다. 앤은 새파랗게
질려 떨고 있었다. 마치 우리에서 겨우 빠져 나왔다가 다시
덫에 걸린 어린 동물 같았다.

"아니오. 매슈 오빠와 전 아직 이 애를 어디로 보내겠다고
확실히 결정한 것은 아니에요. 단지 어떻게 해서 착오가
생겼는지 알아보러 왔을 뿐이지요. 집에 가서 오빠와 상의해
보겠어요. 이 애를 돌려보낼 경우에는 제가 댁으로 직접
데리고 가겠어요. 하지만 그렇지 않을 땐 이 애가 우리 집에서
살게 된 걸로 알고 계세요. 그래도 괜찮겠지요?"

"그렇게 하시지요."

블루엣 부인은 퉁명스럽게 대답했다.

마릴라의 이야기를 듣던 앤의 얼굴에 안도의 빛이 감돌았다.
블루엣 부인과 스펜서 부인이 잠시 방에서 나가자 앤은 벌떡

일어나 마릴라 앞으로 달려갔다.

"마릴라 아주머니, 절 정말 초록 지붕 집에 살게 해
주시겠다는 말씀이세요?"

"아직 결정한 건 아니다. 그렇지만 블루엣 부인이 너만한
아이를 꼭 필요로 하니, 넌 그 댁에서 살게 될지도
모르겠구나."

"그 아주머니를 따라갈 바엔 차라리 고아원으로 돌아가는 게
나아요. 저를 아주머니 집에 있게 해 주신다면 무슨 일이든지
다 하겠어요."

앤은 간절한 얼굴로 마릴라에게 애원했다.

저녁 무렵 마릴라와 앤은 초록 지붕 집으로 돌아왔다. 매슈는
멀리까지 마중을 나와 서성거리다가 두 사람을 맞았다.

마릴라는 우유를 짜기 위해 매슈와 함께 헛간 뒤로 갔다.

그제야 마릴라는 스펜서 부인과 만났던 이야기를 매슈에게
자세히 들려 주었다.

매슈는 앤을 보내지 않아도 된다는 것을 알자 생기 있게
말했다.

"그런 냉정한 사람에게 앤을 보낼 수는 없지."

"저도 그런 사람은 싫어요. 또 오빠가 앤을 데리고 있고

싫어하는 것 같아서 그러기로 했어요."

"그렇지만 교육을 제대로 받지 않은 아이니

잘 가르쳐야 할 것이다."

"앤을 가르치는 일은 제게 맡겨 주세요.

최선을 다해 올바르게 키우겠어요."

마릴라는 얼마 동안 앤에게 이 사실을 알리지 않기로 했다.
앤이 초록 지붕 집에 살게 된 것을 알면 흥분해서 잠을
설칠지도 모른다고 생각했기 때문이었다.

다음 날 오후까지 마릴라는 함께 살기로 했다는 이야기를
앤에게 하지 않았다. 마릴라는 그저 앤이 일하는 모습을
조용히 지켜보고 있었다.

앤은 열심히 접시를 닦다가 갑자기 마릴라 앞에 와서
초조하게 물었다.

"아주머니, 솔직하게 말씀해 주세요. 저를 어떻게 하실 건지요.
저는 다른 곳으로 가야 하나요? 답답해서 견딜 수가 없어요."

마릴라는 잠시 앤의 얼굴을 바라보다 사실대로 말해 줘도 될
것 같다고 생각했다.

"너는 우리 집에 있어도 된단다. 그렇지만 네가 고마움을
모르고 속상하게 하면 계속 데리고 있을 수 없단다……. 앤,
갑자기 왜 우는 거니?"

앤은 너무나 기쁜 나머지 눈물을 흘리고 있었다.

"아주머니, 정말 고맙습니다. 아, 꿈은 아니겠지요? 전 지금
너무 행복해요. 꼭 착한 아이가 되어서 아주머니, 아저씨를
기쁘게 해 드릴게요."

"그래, 그건 그렇고 접시는 마저 닦아야 하지 않겠니?"

"네, 아주머니!"

앤은 큰 소리로 대답하고는 즐겁게 접시를 닦았다.

설거지를 마치고 앤은 마릴라에게 다가와 물었다.

"마릴라 아주머니, 여기 애본리에서 저와 친구처럼 가깝게
지낼 수 있는 아이가 있을까요?"

"과수원 언덕에 다이애나 발리라는 아이가 살고 있지. 지금은
친척집에 가 있지만 돌아오면 너와 좋은 친구가 될 것 같구나.
하지만 다이애나와 놀려면 착한 아이가 되어야 할 거야. 발리
아주머니가 아주 엄격하시거든."

마릴라의 말에 앤의 눈은 초롱초롱 빛났다.

"다이애나는 예뻐요? 만일 저처럼 못생기고 머리가 빨간
아이라면 전 싫어요."

"다이애나는 아주 예뻐. 그리고 착하고 영리하지."

"예쁜 아이라니 기뻐요. 전 예쁜 친구가 좋거든요."

앤은 곧 자기 방으로 들어가 거울을 들여다보았다.

거울에는 빨간 머리에 주근깨투성이의
못생긴 여자 아이가 비쳐졌다.

예의 없는 아이

며칠 뒤, 린드 부인이 앤을 보기 위해 왔다.

린드 부인은 마릴라에게 앤의 이야기를 전해 듣고는 동정하는

말투로 말문을 열었다.

"어머나! 그런 이유로 앤을 데리고 있게 되었다니 안됐군요.

지금이라도 돌려보낼 수는 없나요?"

"돌려보낼 수 있었지만 우린 앤을 그냥 데리고 있기로 했어요.

매슈 오빠가 앤을 무척 귀여워하거든요. 명랑하고 쾌활한

아이라서 저도 그다지 싫지 않아요. 그 애를 한번

보시겠어요?"

마릴라는 앤을 부르러 나갔다.

앤은 뜰에서 놀다가 마릴라가 부르자 기쁨이 가득한 얼굴로
달려왔다. 그러나 안으로 들어선 앤은 낯선 부인이 있는 것을
보고 멈칫거렸다.

린드 부인은 앤의 우스꽝스러운 모습을 보자 입부터 크게
벌렸다. 고아원에서 입고 온 짧은 스커트 밑으로는 가느다란
다리가 멋없이 드러나 있었고, 주근깨는 여느 때보다 많아
보였다. 거기다가 빨간 머리가 잔뜩 헝클어져 대단히 볼품
없는 모습이었다.

앤의 모습을 본 린드 부인은 자신의 생각을 거침없이 말했다.

"아이구, 애가 말라깽이인데다 못생기기까지 했군. 아니,
주근깨는 왜 저렇게 많아? 게다가 머리카락은 홍당무처럼
빨갛잖아."

그 말을 들은 앤은 화가 나서 견딜 수 없었다. 앤은 붉어진
얼굴로 부르르 떨더니 발을 동동 구르며 소리쳤다.

"뭐라고요? 난 아주머니 같은 사람이 싫어요. 주근깨투성이에
홍당무처럼 빨간 머리라고요? 어떻게 그렇게 말할 수 있죠?
만약 아주머니가 다른 사람한테 그런 말을 듣는다면 기분이
어떻겠어요?"

"앤!"

당황한 마릴라가 소리쳤다. 그런데도 앤은 주먹을 불끈 쥔 채 린드 부인에게 계속 소리를 질렀다.

"아주머니처럼 인정 없는 사람은 처음 봐요. 난 아주머니가 한 말을 절대 용서할 수 없어요."

"그래? 너처럼 신경질적이고 못된 아이도 처음 본다!"

린드 부인도 놀라 소리쳤다.

"앤, 네 방으로 가지 못하겠니?"

마릴라가 당황하여 소리지르자, 앤은 그만 울음을 터뜨리더니 뛰쳐나가고 말았다.

"저런 아이를 데려다 키우시겠다니, 당신을 이해할 수가 없군요."

린드 부인은 불쾌하다는 듯이 말했다. 그러나 마릴라는 린드 부인의 태도도 옳지 않다고 생각했다.

"글쎄요, 아무리 그렇다고 해도 어린아이한테 생긴 모습에 대해 말씀하신 건 잘 한 일이 아니지요."

"마릴라, 저 버릇없는 아이의 편을 드는 건 아니겠지요?"

"물론이죠. 하지만 린드 부인도 지나치셨어요. 저 아이의 잘못도 타일러야겠지만 어른이 좀더 너그럽게 이해해야 하지 않을까요?"

마릴라도 자신에 대해 놀랐다.

"내가 좀 지나친 건 사실이에요. 나는 다만 마릴라 당신이
너무 가엾은 생각이 들어서 그런 것뿐이에요. 저 애로 인해서
마음이 많이 상할 것 같군요."

린드 부인은 벌떡 일어서서 집으로 돌아가 버렸다.

마릴라가 앤이 있는 2층 방으로 올라갔다. 앤은 침대에 엎드려
울고 있었다.

"앤!"

마릴라는 앤을 부드럽게 불렀다. 앤은 대답하지 않았다.

"앤, 내 말을 좀 들어 봐라."

마릴라는 조금 화난 목소리로 앤을 다시 불렀다. 그제야 앤은
몸을 일으켜 고개를 돌렸다.

"오늘 네가 한 행동은 옳지 않았어. 너도 너 자신에 대해
그렇게 얘기하곤 했잖아."

"아니, 아주머니, 다른 사람이 제게 그렇게 말하는 건 견딜 수
없는 일이지요."

마릴라의 말에 앤은 더 화난 표정을 지었다.

"린드 부인도 잘못했지만 어른에게 그런 모습을 보이는 것은
좋지 않아. 그러니 린드 부인에게 사과하도록 해라."

"절대로 그럴 수는 없어요. 아주머니께서 벌을 주신다면 달게 받겠어요. 하지만 린드 아주머니에게 사과하라는 것만큼은 시키지 마세요."

"린드 부인에게 사과하지 않고 내게 벌을 받겠다는 건 네 잘못을 인정하지 않는다는 뜻이지 않니? 앤, 린드 부인에게 사과해야 해."

마릴라는 위엄 있는 목소리로 말했다.

"싫어요. 린드 아주머니에게 사과하는 것만큼은 할 수 없어요."

"그래, 그럼 네 맘대로 해라."

마릴라는 화가 나서 방을 나가 버렸다.

그 날 저녁, 앤은 끝내 방에서 나오지 않았다.

마릴라는 저녁을 먹으면서 매슈에게 아무런 말도 하지 않았다. 그러나 다음 날 아침까지도 앤이 식사를 하지 않자 마릴라는 매슈에게 린드 부인과 앤의 일에 대해 말했다.

"남의 일에 참견하길 좋아하는 여자가 마침내 일을 저질렀군."

"어머, 오빠는 앤이 잘했다고 생각하는

거예요?"

"아니, 잘한 건 아니지만 이해는 된다. 네가 잘 타일러 보도록
해라. 그리고 먹을 것을 좀 가져다 주는 것이 어떻겠니?"

"그러죠. 하지만 린드 부인에게 사과하기 전까지는 그 방에서
못 나오게 할 작정이에요."

앤은 마릴라가 가져다 준 음식도 먹지 않았다. 매슈는 앤이
걱정되었다.

저녁때 매슈는 마릴라가 목장으로 나간 사이, 2층으로 올라가
앤의 방을 들여다보았다.

앤은 턱을 괴고 앉아 창 밖을 바라보고 있었다. 그러한 앤의
모습이 퍽 애처롭고 가엾어 보였다. 매슈는 앤 옆으로
다가갔다.

"앤, 뭐 하고 있지?"

"공상을 하고 있어요. 공상을 하다 보면 슬픈 생각들이 조금
사라지거든요."

"앤, 마릴라 말을 듣는 것이 좋겠다. 마릴라는 어린애가
고집피우는 것을 좋아하지 않는단다."

"린드 아주머니에게 사과하라고요?"

"그래, 가서 잘못했다고 사과해라."

"네, 아저씨께서 부탁하신다면 그렇게 하겠어요. 어제 저녁엔
너무 화가 나서 그랬지만 사실 저도 잘못하긴 했어요."

"그럼 빨리 용서를 빌고 아래층을 내려오려무나. 네가
없으니까 쓸쓸하구나."

"네, 아주머니가 돌아오시면 잘못을 빌겠어요. 그리고 린드
아주머니를 찾아가겠어요."

"그래, 그런데 마릴라에게 내가 사과하라고 한 얘기는 하지
않는 게 좋겠구나. 나는 이 일에는 조금도 참견하지 않겠다고
약속했거든."

"걱정 마세요. 아주머니께는 말하지 않을게요."

조금 뒤, 마릴라가 목장에서 돌아오자 앤은 아래층으로
내려왔다.

"마릴라 아주머니, 이제 오세요?"

"응, 그래."

"아주머니, 어제는 제가 잘못했어요. 린드 아주머니를
찾아가서 용서를 빌겠어요."

"그러겠니?"

마릴라는 기뻤다.

"우유를 다 짜고 내가 널 데려다 주마."

앤이 계속 고집을 부리면 어쩌나 하고 걱정하던 마릴라는
마음이 놓였다. 마릴라는 곧 앤을 데리고 린드 부인 집으로
향했다. 가는 동안 내내 앤은 고개를 숙인 채 잠자코 있었다.
마릴라는 그런 앤이 걱정되어 말을 걸었다.

"무슨 생각을 하니?"

"린드 아주머니께 어떻게 용서를 빌어야 하나 생각하고
있었어요."

앤은 그 뒤에도 여전히 어두운 표정이었다. 린드 부인은 부엌
창문 아래에서 뜨개질을 하고 있었다. 앤은 린드 부인 앞에
무릎을 꿇고 앉았다.

"아주머니, 제가 잘못했어요. 머리가 빨갛고 주근깨투성이인
것은 아주머니 말대로 사실이에요. 그런 일로 화를 내다니,
제가 버릇이 없었어요. 절 용서해 주세요. 아주머니가 용서해
주시지 않는다면 전 평생 슬픔 속에 지내게 될 거예요."

린드 부인은 앤이 진심으로 뉘우치고 있다는 것을 알았다.

"앤, 일어나렴. 나도 좀 지나쳤던 게 사실이다. 그리고 빨간
머리는 자라면서 차차 빛깔이 바뀔 수도 있단다. 네
머리카락도 그렇게 될 게다."

린드 부인은 웃음을 머금고 말했다.

"정말요?"

앤은 벌떡 일어나면서 물었다.

마릴라와 앤은 곧 린드 부인 집에서 나왔다.

"아주머니, 사과하기를 잘 했죠?"

"그래, 잘 했다. 다시는 사과할 일을 만들지 마라. 너무 쉽게 화를 내는 버릇은 나쁜 버릇이다."

"네, 그렇지만 빨간 머리에 대해 이야기하는 것은 정말 참을 수가 없어요. 그런데 제 머리카락 색깔이 정말 변할 수 있을까요?"

"앤, 생김새에 대해서 신경을 너무 많이 쓰는 것은 좋지 않아. 그건 허영심에 속하거든."

"그렇긴 해도 못생긴 내 모습을 들여다보는 것은 정말 슬픈 일이거든요."

"마음이 예쁘면 얼굴도 예뻐지는 법이란다."

"그런 얘기를 자주 들었지만 전 그 말을 믿을 수가 없어요. 어쨌든 린드 아주머니께 용서를 받아 마음은 후련해요."

두 사람은 곧 집 앞 오솔길로 접어들었다. 그 때 앤이 마릴라 곁으로 다가와 작은 소리로 말했다.

"돌아갈 집이 있다는 것은 행복한 일이지요?"

새 친구 다이애나

잠잘 시간이 되자 마릴라는 앤을 방으로 데리고 가서 엄하게
말했다.

"앤, 어제는 옷을 벗어서 아무 데나 팽개쳤더구나. 그런
칠칠치 못한 짓을 해서는 안 돼. 벗은 옷은 잘 개어서 의자
위에 놓아라."

"어젯밤에는 너무 속이 상해 옷을 생각할 수 없었어요. 오늘
밤에는 잘 개어 놓을게요."

"또 한 가지, 우리와 함께 살고 싶다면 잊어서는 안 될 것이
있다. 잠자리에 들기 전에 기도를 하는 거란다."

"그렇지만 저는 기도해 본 적이 없어요."

"기도해 본 적이 없다고? 주님은 언제나 기도하는 사람을
사랑한단다. 알겠니, 앤?"

"주님은 사랑이시며 무한하시며, 영원에 변함이 없으시며 그
생명과 힘과 성신과 정의와 선함은 끝이 없다고 알고 있어요."
앤이 대답했다.

"몇 가지는 알고 있으니 다행이구나. 어디서 배웠지?"

"고아원 주일 학교에서요. 저는 무한이라든가 영원 같은, 그런
말을 좋아해요. 왠지 시 같은 느낌이 들거든요."

"지금은 기도를 말하고 있단다. 매일 밤 기도를 해야 한다.
네가 나쁜 아이가 아니라면 말이다."

"아줌마가 저처럼 보기 흉한 빨간 머리였다면 다르게
말씀하셨을 거예요. 기도라니요!"
앤은 퉁명스럽게 이어서 말했다.

"토머스 아줌마는 하느님이 일부러 제 머리를 빨갛게
만들었다고 말했어요. 그 때부터 저는 하느님 따위는 나와
상관 없다고 생각하게 되었지요. 게다가 저는 밤이 되면
언제나 지치고 피곤해서 기도할 시간이 없었어요. 쌍둥이를
돌보는데 기도라니. 아줌마는 그렇게 생각하지 않으세요?"
마릴라는 앤에게 하느님께 기도하는 법을 가르쳐야겠다고

굳게 다짐했다.

"앤, 이제부터는 기도를 하렴."

"네, 물론이에요. 아줌마가 기뻐하는 일이라면 저는 무슨
일이든 할 거예요. 어떻게 하는지 가르쳐 주신다면요."

앤은 무릎을 꿇고 마릴라의 무릎에 기대어 진지한 표정을
지었다.

조금 뒤, 마릴라는 앤의 침대에 자신이 만든 옷 세 벌을 펼쳐
놓았다. 세 벌 모두 똑같은 모양이었다.

"고마워요, 아주머니. 하지만……."

앤이 아쉬운 얼굴로 말했다.

"옷들이 마음에 안 드니?"

"만들어 주신 건 고마운데 예쁘진 않네요."

"예쁘지 않다고?"

마릴라는 어이없어하며 대답했다.

"그건 허영심이야. 이 옷들은 실용적이잖니? 고동색과 푸른색 옷은 학교 갈 때 입고, 비단옷은 교회나 주일 학교에 갈 때 입어라. 넌 지금까지 헌 옷만 입었잖니. 이건 새 옷인데 좋지 않니?"

"물론 기뻐요. 그렇지만 소매에 주름이 잡힌 옷을 하나만 만들어 주셨어도 좋았을 텐데……."

"앤, 어서 옷들을 옷장에 정리하고 주일 학교에 가서 배울 것을 미리 공부해 두도록 해라."

마릴라는 몹시 기분이 상해서 아래층으로 내려갔다.

앤은 옷을 내려다보며 쓸쓸히 말했다.

"하지만 괜찮아. 난 이 중에서 하나는 아름다운 레이스가 달리고 소매도 주름이 잡힌, 눈처럼 하얀 드레스라고 상상할 수 있으니까."

다음 날 아침, 마릴라는 몸이 아파서 앤을 데리고 주일 학교에 갈 수 없었다. 그래서 앤은 린드 부인을 따라가야 했다.

앤은 비단옷을 입고 모자를 쓴 뒤 거울 앞에 서 보았다. 바싹

마른 몸매가 드러나 볼품이 없었다. 아무 장식도 없는 모자도
마음에 들지 않았다.

앤은 모자에 꽃이나 리본을 달았다면 얼마나 좋을까
생각했다.

앤은 오솔길을 걸으며 꽃들이 여기저기 피어 있는 것을
보았다. 그래서 꽃들을 꺾어 모자에 꽂고 콧노래를 부르며
린드 부인 집으로 갔다.

린드 부인은 집에 없었다. 그래서 앤은 혼자 교회로 갔다.
앤의 모자를 본 소녀들은 신기하다는 듯 수군거렸다.

며칠 뒤 모자 이야기를 들은 마릴라는 앤을 몹시 꾸짖었다.

"모자에 꽃을 잔뜩 꽂고 교회에 갔다면서? 그런 짓을 하다니.
남들이 얼마나 웃었겠어?"

"옷에 꽃을 다는 거나 모자에 장식을 하는 것은 똑같지
않은가요? 옷에다 꽃을 꽂은 애들을 자주 보았는걸요."

"앤, 말대꾸를 하는 버릇도 좋지 않아. 린드 부인은 네 그런
모습을 보고 꽃을 떼어 버리라고 말하고 싶었지만, 멀리
있어서 말을 못 했다는구나. 사람들이 나를 어떻게
생각하겠니? 너를 그런 꼴로 교회에 보냈다고 흉보았을
것이다."

"그렇다면 제가 잘못했어요. 저 때문에 아주머니가 나쁜 소리를 듣는 것은 싫어요. 차라리 저를 고아원으로 다시 돌려보내 주세요."

앤이 울먹이며 말했다.

"설마 내가 너를 고아원으로 돌려보내겠니? 다만 사람들의 웃음거리가 되는 행동을 하지 말라는 거야. 앤, 그만 울음을 그치렴. 반가운 소식이 있다. 다이애나가 돌아왔다는구나. 지금 발리 부인을 만나러 갈 건데 너도 같이 가지 않겠니?"

"어머, 정말요? 그런데 다이애나가 절 좋아하지 않으면 어쩌죠?"

"그런 염려는 안 해도 돼. 다이애나는 널 좋아할 거야. 하지만 다이애나 어머니에게 잘 보여야 할 거다. 무엇보다 예절바르게 행동해야 한다."

두 사람은 곧 발리 부인 댁으로 갔다.

발리 부인은 큰 키에 길게 기른 머리카락에 검은 눈을 가지고 있었다.

"어서 오세요. 이 애군요."

"네, 앤 샬리라고 해요."

마릴라가 대답했다. 발리 부인은 앤과 악수를 하고 상냥한

목소리로 물었다.

"안녕, 잘 지냈니?"

"네, 안녕하세요? 덕분에 잘 지내고 있어요."

앤은 예의를 갖추어 말했다.

다이애나는 책을 읽다가 마릴라와 앤이 들어오는 것을 보고 책을 덮었다.

"다이애나, 이리 와 서로 인사하렴."

앤과 다이애나는 서로 바라보았다. 앤이 먼저 미소를 띠며 다가가 말했다.

"다이애나, 반가워. 앞으로 잘 지내자. 난 네가 날 싫어하면 어떻게 하나 하고 걱정했어. 하지만 우린 좋은 친구가 될 수 있을 것 같아."

앤이 다이애나에게 손을 내밀자 다이애나도 수줍게 앤의 손을 잡았다.

"다이애나, 앤과 함께 밖에 나가 놀아라."

밖으로 나온 앤이 작은 목소리로 다이애나에게 말했다.

"다이애나, 내 친구가 되어 줄 수 있겠니?"

"좋아. 난 네가 애본리에 와서 반가워. 새 친구가 생긴 건 너무나 행복한 일이야."

"언제까지나 내 친구가 되어 주겠다고 맹세할 수 있니?"

"맹세? 어떻게 하면 되는데?"

"손을 마주 잡고 맹세의 말을 하면 돼."

다이애나와 앤은 손을 꼭 잡았다.

"나 앤 샬리는 태양과 달이 있는 한 내 마음의 친구 다이애나 발리의 영원한 친구가 될 것을 맹세합니다."

앤이 먼저 엄숙한 표정으로 맹세의 말을 읊었다. 다이애나도 웃으며 앤의 영원한 친구가 될 것을 맹세했다.

앤은 기쁜 마음으로 마릴라와 함께 집으로 돌아왔다. 잠시 후, 시내에 갔던 매슈가 돌아왔다. 매슈는 마릴라 눈치를 살피며 종이 봉지를 앤에게 건네주었다.

"아저씨, 이게 뭐예요?"

"네가 초콜릿을 좋아할 것 같아서 좀 사 가지고 왔단다."

마릴라는 매슈를 힐끗 보고 나서 앤에게 말했다.

"앤, 초콜릿은 배탈이 날 수도 있으니 한꺼번에 다 먹지 마라."

"네, 그런데 초콜릿을 다이애나에게 좀 갖다 줘도 될까요? 다이애나와 나눠 먹으면 훨씬 더 맛있을 것 같아요."

"그래, 오늘은 늦었으니 내일 가렴."

앤은 곧 종이 봉지를 들고 2층으로 올라갔다.

어느 날이었다.

"앤, 네 머리가 어떻게 된 거냐? 아니, 초록색이잖니?"

앤의 빨간 머리는 윤기 없는 초록색으로 바뀌어 있었다.

게다가 몇 가닥씩 원래의 빨간 머리가 섞여 있어 너무나
흉했다. 마릴라는 지금까지 이렇게 흉한 머리를 본 적이
없었다.

"그래요, 초록색이에요. 빨간 머리만큼 흉한 것은 없다고
생각했는데 이렇게 되고 보니 초록색 머리가 열 배는 더
흉하다는 것을 알았어요. 아, 마릴라 아주머니, 제가 얼마나
비참한지 모르실 거예요."

"자, 당장 부엌으로 내려와라. 그리고 무슨 짓을 했는지 모두
다 말해. 두 달 이상이나 네가 말썽을 부리지 않길래 이상하다
했다. 도대체 머리를 어떻게 한 거지?"

"물을 들였어요."

"물을 들여? 머리에 물을 들였단 말이냐? 앤, 그런 짓은
나쁘다는 것을 몰랐니?"

"아니오, 조금은 나쁘다는 것은 알아요. 그렇지만 빨간색
머리를 바꾸기 위해서는 아주 조금은 나쁜 짓을 해도
그만큼의 가치가 있다고 생각했어요."

"그래, 하지만 나라면 좀더 보기 좋은 색으로 물들이겠다.
초록색 따위로는 들이지 않아."

마릴라는 비아냥거렸다.

"저도 초록색으로 할 생각은 없었어요. 제 머리를 아름다운 검은 머리로 바꿀 수 있다고 그 사람이 말했어요. 반드시 그렇게 된다고 했어요. 어떻게 그 말을 의심할 수 있겠어요?"

"누가 그랬지? 누구 얘기를 하는 거니?"

"오늘 오후에 이 곳에 온 행상인이요. 그 사람한테 염색약을 샀어요."

"앤, 그런 이탈리아 사람들을 집 안에 들여서는 절대 안 된다고 몇 번이나 말했잖니?"

"아니, 집 안에는 들어오지 않았어요. 게다가 이탈리아 사람이 아니고 독일 유태인이었어요. 열심히 일해서 돈을 모으면 아내와 아이들을 독일에서 데려올 거래요. 그런 감동적인 말 때문에 저도 뭔가 사 드려야겠다고 생각했어요. 큰 상자에 재미있는 물건이 가득 담겨 있었지만 그 때 갑자기 염색약 병이 눈에 띄었어요. 어떤 머리라도 아름다운 검은 머리로 물들여서 감아도 결코 물이 빠지지 않는다고 그 사람이 말했어요. 그 말을 듣고 저는 참을 수가 없었어요. 그렇지만 그 약은 75센트나 했는데 저는 가지고 있는 돈이 55센트밖에 없었어요. 그 아저씨는 매우 친절했어요. 저를 동정해서 55센트에 주었어요. 그것을 사서 저는 곧 설명서에

씌어 있는 대로 낡은 빗에 묻혀 염색을 했어요. 한 병을 다

썼어요. 그리고 나서 지금까지 계속 후회하고 있는 거예요."

"네 후회가 효과가 있으면 좋겠지만 절대 그렇지 않을 게다.

머리를 여러 번 감아야만 한다."

앤은 비누와 물로 있는 힘을 다해 머리를 감았지만 아무런

효과가 없었다.

"아, 마릴라 아주머니, 어떻게 하면 좋지요?"

앤은 울음을 터뜨리고 말았다.

이 불행은 일 주일 동안 계속되었다. 그 동안 앤은 집에

틀어박혀 매일 머리를 감았다.

이 비밀을 아는 사람은 가족 외에 다이애나뿐이었다. 그리고

다이애나는 비밀을 지켜 주었다.

일 주일이 지나자 마릴라는 단호하게 말했다.

"안 되겠다, 앤. 이렇게 빠지지 않는 염색약은 본 적이 없다.

머리를 자르는 수밖에 다른 방법이 없어. 그렇게 하지 않으면

밖에 나갈 수도 없잖니?"

앤은 입술이 떨렸지만 슬픈 듯이 한숨을 쉬면서 단념을 하고

가위를 가지러 갔다.

없어진 브로치

어느 따뜻한 저녁이었다. 마릴라는 앤을 발리 씨 집으로
심부름을 보냈다.

앤이 가자 마릴라는 혼란스러운 마음으로 저녁 준비를 했다.
없어진 브로치가 마음에 걸려 일이 되지 않았다.

'참 기막힌 일이군. 앤이 훔치려고 했던 것은 아니라는 걸
알지만 아무튼 장난감으로 가지고 놀려고 밖으로 가지고 나간
게 분명해. 저 아이가 잃어버린 게 확실해. 앤 말고는 방에
들어간 사람이 아무도 없었거든. 그런 다음 브로치는
없어졌고…… 어떻게 이보다 더 확실할 수 있겠어.
거짓말을 하다니. 브로치를 잃어버린 것보다 거짓말이 더

화가 나. 솔직하게 말했다면 이렇게 화가 나진 않았을 거야.'

그 날 밤, 마릴라는 몇 번이나 자신의 브로치를 찾아보았으나

없었다. 자기 전에 앤의 방으로 가서 다시 한 번 더 물어

보았으나 앤은 변함없이 모른다며 고개를 흔들었다. 마릴라는

앞뒤 일을 꼼꼼히 따져 생각하면서 앤이 훔친 것이

분명하다고 믿게 되었다.

이튿날 아침, 마릴라는 매슈에게 이 사실을 말했다.

"혹시 옷장 뒤에 떨어진 것은 아닐까?"

"옷장도 옮기고 서랍까지 빼어 구석구석 모두 찾아보았어요.

그런데도 없어요. 저 아이가 훔치고 거짓말을 하는 게

분명해요."

"그래서 너는 어떻게 할 생각이지?"

매슈가 머뭇머뭇 물었다.

"솔직히 자백할 때까지 그 애 방에서 나오지 못하게 할

생각이에요. 저 아이는 엄하게 벌을 주어야 해요, 매슈."

"그래, 벌주는 사람은 너니까 나는 상관할 일이 아니지. 저

아이에 대해서 참견하지 말라고 하지 않았니?"

그러자 마릴라는 갑자기 둘한테서 따돌림당한 것 같은 기분이

들었다. 그래서 다시 몇 번을 물어 봤으나 앤은 한결같이

모른다고 대답했다.

마릴라는 앤이 울고 있는 것 같아 불쌍한 생각이 들었지만
끝까지 참기로 했다.

"정직하게 말할 때까지 이 방에서 나오면 안 된다. 그렇게
각오하고 있는 것이 좋을 거다."

마릴라는 쌀쌀맞게 말했다.

"아주머니, 내일은 주일 학교 소풍날이에요. 저를 소풍에 안
보내 주시는 건 아니겠죠? 오후에 잠깐만이라도 내보내 주실
거죠? 그렇게 해 주시면 그 다음에는 아줌마가 있으라고 할
때까지 방에 있을게요. 그렇지만 소풍만은 꼭 가야 해요."

"솔직히 말할 때까지는 아무 데도 갈 수 없다, 앤."

"아줌마……."

앤은 애원하듯 말했다. 그러나 마릴라는 냉정하게
뒤돌아 나와 문을 닫아 버렸다.

다음 날 아침은 소풍 가기에 너무나
좋은 화창한 날씨였다.

마릴라가 아침밥을 가지고 가자 앤은 절망이 가득한 얼굴로
침대에 앉아 있었다.

"마릴라 아주머니, 말씀드릴게요."

"그래, 솔직하게 말해라, 앤."

마릴라는 쟁반을 탁자 위에 놓고, 제 짐작이 맞았다며 미소를
지었다. 앤은 곧 외우기나 한 것처럼 높낮이가 없이 말을
시작했다.

"아주머니, 저는 보라색 수정 브로치를 훔쳤습니다. 방에
들어갔을 때는 훔칠 생각은 없었습니다. 그런데 가슴에 달아
보니 너무 아름다웠기 때문에 억누를 수 없는 유혹에
빠졌습니다. 다이애나와 저는 장미꽃으로 브로치를 만들어
달고 다니지만 그런 것과는 비교도 할 수 없을 만큼
멋졌습니다. 그래서 브로치를 훔쳤어요. 저는 아줌마가
돌아오시기 전에 브로치를 제자리에 갖다 놓으려고
생각했습니다. 그런데 너무 신난 나머지, 브로치를 달고
여기저기 다니다가 '눈부신 호수' 다리 위까지 갔어요. 그리고
거기서 다시 한 번 잘 보려고 브로치를 떼었어요. 브로치는
햇빛을 받아 반짝반짝 빛났습니다. 그런데 그만 브로치를
떨어뜨리고 말았어요. 브로치는 보라색 빛을 반짝이면서

영원히 호수 밑으로 가라앉아 버리고 말았어요."

마릴라는 또다시 심한 분노가 솟는 것을 느꼈다.

"어째서 그런 못된 짓을 한 거지? 너처럼 나쁜 애는 처음
보겠구나!"

마릴라는 냉정하게 말하려 했으나 흥분 때문에 목소리가 떨려
나왔다.

"저도 제가 나쁘다고 생각해요. 제가 벌을 받아야 된다는 것도
알아요. 그렇지만 나중에 받을게요. 제발 지금 당장은 용서해
주세요. 저는 꼭 소풍을 가고 싶으니까요."

"소풍이라고? 너는 소풍 갈 수 없다. 그것이 벌이야."

"소풍을 갈 수 없다고요?"

마릴라의 말에 앤은 갑자기 벌떡 일어나더니 애원하기
시작했다.

"아, 마릴라 아주머니, 사실대로 말하면 제 말을 들어
주신다고 하셨잖아요. 저는 꼭 소풍을 가고 싶어요. 그래서
고백한 거예요. 어떤 벌이라도 받을 테니까 소풍만은 보내
주세요. 제발!"

마릴라는 제 손을 잡고 매달리는 앤의 손을 돌처럼 차갑게
뿌리쳤다.

"떼쓴다고 될 일이 아니다. 소풍은 못 간다! 더 이상 아무 말도 하지 마라."

마릴라의 마음이 바뀌지 않을 것을 알자 앤은 머리를 움켜쥐고 귀를 찢는 듯한 비명을 지르며 침대에 쓰러져 울음을 터뜨렸다.

"도대체 무슨 짓이냐, 앤!"

깜짝 놀란 마릴라는 고함을 치고 방에서 나가 버렸다.

"저 아이는 분명 정신이 이상한 거야. 정상인 아이라면 저럴 수가 없어. 못된 아이가 분명해!"

너무나 우울한 아침이었다. 마릴라는 잠자코 해야 할 일만 하고 있었다.

점심 준비가 다 되었을 때 마릴라는 2층 계단에 가서 앤을 불렀다. 앤이 눈물범벅인 얼굴로 내려다보았다.

"식사하러 내려와라, 앤."

"점심 같은 건 먹고 싶지 않아요. 너무 슬퍼서 아무것도 먹을 수가 없어요. 언젠가 후회하실 거예요, 마릴라 아주머니. 그 때 저도 용서해 드릴게요. 그 때면 제가 용서해 드린 것이 생각나실 거예요. 그러니까 제발 저에게 먹으라는 말은 하지 마세요. 슬픔에 잠긴 사람에게 구운 고기와 야채는 너무

현실적이니까요."

마릴라는 앤의 말에 화가 나서 매슈에게 푸념을 해댔다.

잠자코 듣던 매슈가 말했다.

"앤이 브로치를 훔치고 게다가 거짓말까지 한 것은 나쁘다. 그렇지만 저 애는 아직 어리잖니? 소풍에 보내지 않는 것은 너무 심한 것 같구나."

"오빠에게는 더 이상 할 말이 없네요. 저는 오히려 너무 관대한 것이 아닌가 생각하고 있는데 말이에요. 지금도 보세요. 저 아이는 저 자신의 잘못을 모르고 있어요. 오빠는 무조건 저 아이 편만 들어요. 저는 다 안다고요."

"어찌 됐건 저 아이는 아직 어리잖니?"

매슈는 똑같은 말만 반복했다.

"더구나 저 아이는 이제까지 교육이라곤 한 번도 받은 적이 없잖냐?"

"그러니까 예절 교육이 필요한 거예요."

이 날 점심은 매우 지루하고 맛이 없었다.

설거지를 하고 빵가루를 만든 뒤 닭에게 모이 주는 일을 마친 마릴라는, 갑자기 월요일 오후 후원회에서 돌아와 검은 레이스가 달린 숄을 벗었을 때 숄 자락이 조금 찢어져 있었던

것이 생각났다.

그걸 수선하려고 트렁크에서 숄을 꺼내자 담쟁이덩굴에 찢긴 숄 사이에서 무언가가 반짝 하고 빛을 냈다. 마릴라는 깜짝 놀라 그것을 꺼냈다.

레이스에 얽혀 매달려 있는 것은 다름 아닌 보라색 수정 브로치였다.

"이게 어찌 된 일이지? 앤이 분명히 연못에 빠뜨렸다고 했는데 여기 있다니! 뭔가에 홀렸나 봐. 맞았어! 월요일 오후에 숄을 꺼내서 잠깐 옷장 위에 놓았지. 그 때 브로치가 걸린 것이 틀림없어, 세상에……."

마릴라는 브로치를 들고 앤의 방으로 올라갔다. 앤은 울다 지쳐 멍하니 앉아 있었다.

"앤, 이걸 보렴! 수정 브로치가 검은 숄에 걸려 있는 것을 찾았다. 그런데 아침에 네가 한 이야기는 어떻게 된 거니?" 마릴라가 침착하게 물었다.

"제가 사실을 말할 때까지 방에만 있어야 한다고 아줌마는 말씀하셨어요. 그런데 저는 어떻게 해서든지 소풍을 가고 싶었기 때문에 거짓으로 고백한 거였어요. 어제 저녁 방에 들어와 궁리 끝에 가능한 한 재미있게 말하려고 했어요.

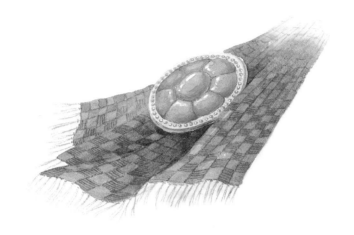

그렇지만 아줌마는 저를 소풍에 보내 주지 않는다고 하셨기
때문에 모두 헛일이 되고 말았어요."

마릴라는 가까스로 웃음을 참으며 자신의 잘못을 인정했다.

"앤, 내가 잘못했다. 지금까지 네가 한 번도 거짓말을 한 적이
없었기 때문에 네 말을 그대로 믿었다. 그렇지만 자신이
하지도 않은 것을 고백하는 건 나빠. 그렇지만 널 그렇게 시킨
것은 나니까 만약 네가 용서해 준다면 나도 너를 용서해 주마.
앞으로 다시 잘 지내자. 자, 어서 소풍 갈 준비를 해라."

앤이 타오르는 불처럼 팔짝 뛰어올랐다.

"와! 마릴라 아주머니. 고마워요, 너무 고마워요. 그런데 이미
늦은 건 아닐까요?"

"아직 2시밖에 안 됐으니까 다 모이려면 1시간이나 남았다.

얼른 세수하고 머리 빗고 옷을 갈아입도록 해라. 나는 맛있는
소풍 바구니를 준비할 테니까. 그리고 제리에게 마차로 소풍
장소까지 너를 데려다 주라고 하마."

"아! 마릴라 아주머니, 고맙습니다."

앤은 소리를 지르며 세면대로 뛰어갔다.

"5분 전까지만 해도 저는 너무 슬퍼서 차라리 태어나지
않았으면 좋았을 걸 하고 생각했어요. 그렇지만 이제는
정반대예요."

그 날 밤, 앤은 지치기는 했지만 기쁨에 가득 찬 모습으로
돌아왔다.

"마릴라 아주머니, 정말이지 너무 재미있었어요. 달콤한 차를
마신 후에는 하몬드 앤드류스 씨가 '눈부신 호수'에서 보트를
태워 주셨어요. 제인이 물 속에 빠질 뻔했어요. 앤드류스 씨가
제인의 허리띠를 잡지 않았다면 제인은 물에 빠져 죽었을
거예요. 그게 만약 나라면, 물에 빠져 죽으면 얼마나
낭만적일까 하는 생각을 하자 가슴이 두근두근 뛰었어요.
그런 다음에는 아이스 크림을 먹었어요. 아이스 크림은 정말
말로 표현할 수 없이 달콤했어요."

앤은 쉴새없이 떠들다가 잠에 곯아떨어졌다.

길버트

앤은 초록 지붕 집에서 행복한 나날을 보냈다. 마침내 여름이
지나고 가을이 되자, 앤은 학교에 다닐 수 있게 되었다.

앤은 다른 무엇보다 다이애나와 함께 학교에 다닐 수 있게 된
것이 가장 기뻤다. 앤은 아침마다 다이애나와 함께 오솔길을
지나 학교까지 걸어다녔다.

"정말 멋진 날이지? 살아 있다는 것만으로도 행복하지 않니?
게다가 더 기쁜 건 학교 가는 길이 이렇게 멋지다는
사실이야."

앤은 숨을 들이마시면서 다이애나에게 말했다.

"이 오솔길은 큰길로 가는 것보다 훨씬 멋져. 그 길은 먼지가

많고 너무 더워."

다이애나가 대답했다.

앤과 다이애나가 학교로 가는 길은 정말이지 아름다웠다.
학교는 벽이 온통 흰빛이고 커다란 창문에는 차양이 쳐져
있었다. 학교 뒤에는 전나무 숲과 작은 시내가 있어서
아이들은 아침에 차가운 시냇물에 우유병을 담가 놓았다가
점심때가 되면 우유를 맛있게 마셨다.

선선한 가을이 되어, 처음으로 학교에 가는 앤을 배웅하면서
마릴라는 속으로 여러 가지 걱정을 하였다.

'저 애는 유별난 아이라서……, 다른 아이들과 잘 지낼 수
있을지……. 수업 시간에 조용히 있을 수 있을까…….'

그러나 마릴라가 걱정하는 것보다 모든 것이 잘 되어 갔다.

"나는 학교가 좋아질 것 같아요."

앤은 명랑하게 말했다. 3주일쯤이 조용하게 지나갔다.

"오늘은 길버트 블라이스가 학교에 올 거야. 여름 동안 사촌
집에 가 있었는데 지난 토요일 밤에 돌아왔대. 그 아이는 멋진
아이야. 그런데 그 애는 여자 아이들을 심하게 놀린단다. 겨우
목숨을 잃지 않을 정도로 말이야."

교실에 들어가자 수업이 시작되었다.

필립스 선생님이 뒤쪽 의자에서 프리시가 라틴 어 읽는
소리를 듣고 있을 때 다이애나가 앤에게 속삭였다.

"네 자리에서 건너편 같은 줄에 앉아 있는 애가 길버트
블라이스야. 잠깐만 쳐다봐. 정말 멋지지 않니?"

앤은 그 쪽으로 눈을 돌렸다.

다이애나가 말한 그대로 멋지게 보이긴 했다. 그런데 마침 그
때 길버트 블라이스는 제 앞자리에 앉아 있는 루비 길리스의
길게 땋은 노란 머리를 의자 등받이에 핀으로 묶느라고 열을
올리고 있었다.

그리고 잠시 후, 루비는 일어나려다가 소리를 지르며 다시
자리에 주저앉고 말았다. 모두들 깜짝 놀라 루비를
쳐다보았다. 선생님은 화난 얼굴로 루비를 노려봤다. 그러자
루비는 울음을 터뜨렸다. 그러나 길버트는 재빨리 핀을
뽑더니 시치미를 떼고 책을 들여다보았다.

그런데 그 날 오후, 더 큰 사건이 벌어졌다.

필립스 선생님이 프리시에게 수학 문제 푸는 법을 설명해
주고 있었다. 그 사이 아이들은 이마를 맞대고 소곤소곤
이야기를 하였다.

길버트는 앤이 자신을 쳐다보기를 바랐지만 앤은 고개를

돌리지 않았다. 앤은 그 때 창 밖을
보며 공상에 빠져 있었다. 혼자
아름다운 경치에 빠져 꿈 속을
헤매느라 아무것도 들리지 않았다.

길버트는 여자 아이들의 시선을 끄는 데 실패한 적이 거의
없었다. 그런데 아무리 기다려도 앤이 자기를 쳐다보지 않자
의자 통로 너머로 손을 뻗쳐서 앤의 머리를 잡아당기며
이렇게 외쳤다.

"홍당무! 홍당무!"

앤은 깜짝 놀라 옆을 돌아보았다. 그리고 길버트가 저를
놀리는 것을 알고는 몹시 화가 났다.

"비겁하게 이 따위 장난을 하다니!"

앤은 고함을 지르며 글을 쓰는 석판으로 길버트의 머리를
내리쳤다. 다이애나는 놀라 눈이 휘둥그레졌다.

필립스 선생님은 큰 걸음으로 성큼성큼 걸어와 앤의 어깨를
잡고 화난 목소리로 물었다.

"앤 샬리, 이게 무슨 짓이지?"

앤은 대답할 수가 없었다.

길버트가 많은 아이들 앞에서 자기를 '홍당무'라고 놀렸다는
얘기를 할 수 없었던 것이다.

"앤 샬리, 수업이 끝날 때까지 교실 앞에 서 있거라."

"선생님, 제가 앤에게 장난을 쳐서 그런 겁니다. 제가
잘못했습니다."

길버트가 일어나서 말했지만 필립스 선생님은 들은 체도 하지

않았다. 앤은 필립스 선생님이 내린 벌을 받아야 했다.

수업이 끝나자마자 앤은 바깥으로 뛰쳐나갔다. 길버트가

뒤따라 나와 앤에게 조용히 속삭였다.

"앤, 미안해. 내가 잘못했어. 용서해 줘."

앤은 길버트에게 대꾸도 하기 싫었다. 그래서 고개를 돌리고

그대로 나가 버렸다.

뒤쫓아온 다이애나가 앤과 함께 걸으며 말했다.

"길버트가 사과한다는데 어쩜 그럴 수 있니?"

"난 길버트를 용서할 수 없어. 그리고 필립스 선생님도 싫어."

앤은 화가 풀리지 않은 목소리로 말했다.

"앤, 길버트가 네 머리카락에 대해 농담한 건 잘못이지만 너무

원망하지는 마. 그 애는 장난이 심해서 늘 그래 왔어.

그러면서도 한 번도 용서를 빌어 본 적이 없어."

"용서 못 해. 그 앤 나를 너무 심하게 모욕했어."

며칠이 지났다.

애본리 학교 학생들은 점심 시간이 되면 벨 아저씨네 목장에

있는 가문비나무 숲에 모여 놀곤 했다.

아이들은 그 곳에서 필립스 선생님이 집에서 나오는지

지켜보다가 선생님이 나오면 부리나케 학교로 달려갔다.

그러나 선생님보다 교실에 늦게 도착하는 때가 많았다.

그래서 선생님은 아이들의 늦는 버릇을 고쳐 주려고 엄하게 말했다.

"내가 교실에 들어왔을 때 한 사람도 빠짐없이 제자리에 앉아 있어야 한다. 교실에 늦게 들어온 사람에게는 벌을 주겠다."

다음 날도 아이들은 가문비나무 숲에서 신나게 놀았다.

그러다가 필립스 선생님의 모습이 보이자 헐레벌떡 교실을 향해 뛰어갔다.

여자 아이들은 학교에서 가까운 수풀에서 놀았기 때문에 늦지 않았다. 하지만 나뭇가지 위에서 놀던 남자 아이들은 교실에 늦게 들어가고 말았다.

그 때 앤은 혼자 숲 속 깊은 곳에서 꽃관을 만들어 머리에 쓰고 놀다 아이들이 모두 돌아간 것을 알고는 뒤늦게 교실로 뛰어갔다.

필립스 선생님은 늦게 온 남자 아이들이 너무 많아 벌주는 것이 귀찮아졌다. 그렇지만 어제 단단히 일러 두었기 때문에 늦게 온 아이들을 혼내 주어야 했다.

그 때 앤이 머리에 꽃관을 쓴 채 교실로 헐레벌떡
뛰어들어왔다. 앤은 급히 오는 바람에 머리에 꽃관을 쓰고
있다는 걸 까맣게 잊고 있었다.

"앤 샬리, 너는 사내아이들과 같이 있는 것을 좋아하는
모양이구나. 오늘은 네가 원하는 대로 해 주겠다. 머리에 쓴
걸 벗고 길버트 옆에 앉아라."

앤은 어쩔 줄 몰라 선생님 얼굴만 쳐다보았다.

필립스 선생님이 엄하게 말했다.

"앤, 내 말이 안 들리니?"

앤이 천천히 대답했다.

"아니오, 들었습니다. 하지만 진심이신지 몰랐어요."

"분명히 말하는데 진심이다."

다이애나는 앤이 딱해 머리의 꽃관을 벗겨 주고 손을 꼭
잡았다. 앤은 어쩔 수 없이 길버트 옆으로 가 앉았다.

앤은 부끄럽고 화가 나서 책상에 엎드렸다. 아이들이 놀리는
바람에 화가 더 치밀었다.

길버트는 공부를 하는 척하다가 선생님이 보지 않는 틈을
타서 하트 모양의 캔디를 앤에게 건네주었다.

그러나 앤은 캔디를 발로 밟아 버렸다.

수업이 끝난 뒤, 앤은 자기 자리로 돌아가 책상 속의 물건들을
모조리 꺼내 책가방에 넣고 교실을 나섰다.

"앤, 왜 그걸 전부 가져가는 거야?"

다이애나는 앤의 행동이 이상해 학교에서 나오자마자 물었다.

"난 이 학교에 다니지 않을 거야."

앤은 눈물을 글썽이며 말했다.

"뭐라구? 그럼 난 어떡해. 네가 없으면 내 옆에 그 지저분한
카티 파이가 앉게 될 거야. 앤, 제발 학교에 오지 않겠다는
말은 하지 말아 줘."

"난 네가 원하는 일이라면 뭐든지 해 주고 싶어. 하지만
이번엔 안 되겠어."

다이애나가 간절히 부탁했지만 앤의 마음을 바꿀 수는
없었다.

집으로 돌아온 앤은 마릴라에게 학교에서 있었던 일을
얘기하고 다시는 학교에 가지 않겠다고 말했다.

"그 정도 일로 학교에 가지 않겠다니 말이 되니?"

"전 굉장한 모욕을 당한 거예요. 아주머니는 제 마음을 모르실
거예요."

"앤, 쓸데없는 소리 마라. 그러지 말고 내일 학교에 가거라."

"가지 않겠어요. 집에서도 공부할 수 있고, 또 착한 아이가 될
수 있어요."

마릴라는 앤이 좀처럼 고집을 꺾지 않았으므로 더 말해 봐야
소용이 없다는 것을 알았다. 그래서 린드 부인을 찾아가
상의해 보기로 했다.

마릴라가 찾아갔을 때 린드 부인은 틸리라는 아이로부터
이야기를 들어 이미 그 일을 알고 있었다.

"그 애를 어떻게 해야 할지 모르겠어요. 한사코 학교에 가지
않겠다고 고집을 부리니 말이에요."

"제 생각에는 그 애가 하는 대로 지켜보는 것이 좋겠어요.
그리고 오늘 일은 필립스 선생님 잘못도 있어요. 벌을 주려면
늦은 아이들 모두 똑같이 줘야 하잖아요. 그런데 앤에게만
벌을 주다니……. 앤이 억울할 거라고 다른 아이들도 모두
말하더래요."

"그럼 당분간 앤을 학교에 보내지 않는 것이 낫다고
생각하시나요?"

"그래요. 그 애가 스스로 학교에 가겠다고 하기 전까지는
내버려 두세요. 분명히 일 주일쯤 지나면 다시 학교에
가겠다고 할 거예요."

마릴라는 린드 부인 말대로 했다. 앤은 마릴라가 시키는 대로
집안일도 하고 공부도 하며 지냈다. 그리고 학교가 끝나는
시간이면 다이애나와 함께 신나게 놀았다.

딸기 주스 사건

초록 지붕 집의 10월은 단풍이 든 나무들로 더없이
아름다웠다.

어느 토요일 아침, 앤은 곱게 물든 단풍나무 가지를 한아름
안고 춤을 추면서 집 안으로 들어왔다.

"마릴라 아주머니, 이 예쁜 잎사귀들 좀 보세요. 설레지
않으세요? 제 방에 꽂아 둘 거예요."

"이곳 저곳에 잎을 떨어뜨리지는 마라. 나는 오늘 점심때
후원회 모임에 가서 조금 늦을 것 같구나. 그러니까 매슈
아저씨의 저녁 준비는 네가 해야 할 거다. 전처럼 물도 안
넣은 냄비를 불 위에 올려놓는 일은 없도록 해라."

"그 때는 정말 잘못했어요. 그 날은 제비꽃 계곡의 이름을 기억해 내느라고 다른 것은 모두 잊어버렸던 거예요. 그 때 매슈 아저씨는 아주 상냥하게 다시 끓이면 된다고 걱정하지 말라고 말씀하셨어요."

"매슈는 늘 그래. 그렇지만 오늘은 정신차려야 한다. 네 생각은 어떨지 모르겠지만 점심때 다이애나를 초대해서 함께 차를 마시렴."

"정말요?"

앤은 손뼉을 치며 벌떡 일어나 소리쳤다.

"아, 너무나 멋질 거예요. 저는 한 번이라도 좋으니까 그렇게 하게 해 달라고 부탁드리고 싶었어요. 생각만 해도 정말 멋져요. 제가 어른이 된 것 같아요. 마릴라 아주머니, 장미 봉오리가 새겨진 찻잔을 써도 돼요?"

"그건 안 된단다. 그 잔은 목사님이나 후원회 모임 때말고는 쓰지 않는다. 갈색 찻잔을 쓰도록 해라. 그러나 설탕에 절인 버찌는 먹어도 된다. 과일 케이크, 쿠키, 설탕이 든 비스킷을 먹으렴. 참, 거실 찬장 둘째 칸에 교회 친목회 때 쓴 딸기 주스가 반 병 정도 남아 있을 거다. 다이애나와 둘이 그걸 마시도록 해라."

앤은 즐거움에 발을 구르며, 가문비나무 오솔길을 벗어나
다이애나에게 가 차를 마시러 오라고 말했다.
얼마 뒤, 마릴라가 마차를 타고 외출하자 다이애나는 하늘색
옷 다음으로 멋진 옷을 차려입고 나타났다.
다른 때 같으면 부엌문을
두드렸을 텐데 오늘은
당당하게 현관문을 두드렸다.

앤은 짐짓 점잔을 빼며 문을 열고 나왔다. 두 사람은 처음 만나는 것처럼 점잖게 악수를 나누었다.

곧이어 거실로 안내된 다이애나와 앤은 발끝을 모으고 의젓한 얼굴로 마주 바라보았다.

"어머님은 요즘 어떠신지요?"

아침에 건강한 발리 부인을 보았으면서도 앤이 물었다.

"덕분에 건강하시답니다. 카스버트 씨는 오늘 리리샌드 배에 고구마를 실으셨겠지요?"

다이애나도 정색을 하며 물었다. 사실 오늘 아침 매슈는 고구마를 실은 짐차에 다이애나를 태워 주었다.

시간이 지나자 앤은 이제까지 예의바르던 것을 잊고 벌떡 일어나며 말했다.

"다이애나, 과수원에 가서 사과를 따지 않을래? 나무에 남아 있는 건 따도 된다고 했어. 마릴라 아주머니는 고마우셔. 차랑 과일 케이크, 설탕에 절인 버찌까지 먹어도 된다고 했어. 그리고 딸기 주스를 마셔도 좋다고 했어. 나는 음료수를 좋아하거든. 너도니?"

앤의 말에 다이애나는 웃으며 고개를 끄덕였다.

과수원에는 나뭇가지들이 바닥까지 드리워져 있었다. 두

소녀는 과수원에서 깔깔거리며 사과를 따먹기도 하고
이야기도 나눴다.

"그만 집으로 들어가자. 딸기 주스를 마시는 게 어때?"

앤은 거실로 들어가 찬장 선반을 찾아보았다. 그러나 딸기
주스 병이 보이지 않았다. 한참을 찾던 앤은 겨우 병을
발견하고는 식탁 위에 놓았다.

"다이애나, 마음껏 마셔. 난 사과를 많이 먹어서 지금은
마시고 싶지 않아. 조금 있다 마실게."

앤은 다이애나에게 딸기 주스를 컵에 가득 따라 주었다.
다이애나는 붉은 빛깔이 먹음직스러워 보여 몇 모금 마셨다.

"아주 맛있어. 딸기 주스가 이렇게 맛있는 줄 몰랐어."

"더 마셔. 나는 잠깐 부엌에 갔다 올게. 불을 살펴야 해."

앤이 돌아왔을 때 다이애나는 이미 딸기 주스를 두 잔이나
마신 뒤였다. 앤이 또 권하자 다이애나는 세 잔째 주스를
마셨다.

"이렇게 맛있는 주스는 처음 먹어 봐. 린드 아주머니 댁 것도
맛있었는데 이건 훨씬 더 맛있어."

"린드 아주머니 댁 것보다 훨씬 맛있을 거야. 우리 아주머니
요리 솜씨는 대단해. 나한테도 요리하는 법을 가르쳐

주셨는데 너무 어려워. 요리는 상상으로 할 수가 없어. 규칙대로 해야 하거든. 그런데 다이애나, 왜 그러니?"

갑자기 다이애나가 비틀거리더니 머리를 감싸며 자리에 주저앉고 말았다.

"갑자기 머리가 많이 아파. 왜 이렇게 어지럽지?"

다이애나는 가쁜 숨을 내쉬며 말했다.

"그만 집으로 돌아가야겠어."

"아직 차도 안 마셨는데 왜 그러니? 차를 끓여 올 동안 기다려."

"아니야, 앤. 나 집에 가야겠어."

다이애나는 힘없이 말했다.

"왜 그러니? 그래도 차는 마시고 가."

"어지러워서 앉아 있을 수가 없어."

앤은 다이애나를 부축해 집까지 데려다 주었다.

다음 날 일요일은 아침부터 비가 내렸다. 세찬 비가 하루 종일 쏟아져 앤은 집에서 나갈 수가 없었다.

월요일에 비가 그치자, 마릴라는 앤에게 린드 부인 집에 다녀오라며 심부름을 보냈다. 그런데 심부름에서 돌아온 앤은

소파에 고개를 묻은 채 울기만 했다.

"앤, 무슨 일이 있었니? 혹시 린드 부인 댁에

가서 또 실수를 한 것은 아니겠지?"

앤은 한동안 대답도 않고 울기만 하더니 이내

슬픔어린 표정으로 일어나 말했다.

"린드 아주머니가 말했어요. 오늘 발리 아주머니 댁에 갔는데
제가 다이애나를 취하게 해서 집으로 돌려보냈다고 하시면서
다이애나와 놀지 못하게 해야겠다고 말했대요. 아주머니, 전
어떻게 하죠?"

마릴라는 어이가 없었다.

"발리 부인이 뭘 잘못 아신 것 같다. 아니, 무엇 때문에 그런
소리를 하는 걸까? 그래, 그 날 다이애나에게 뭘 대접했는데?"

앤은 흐느끼며 대답했다.

"딸기 주스를 준 것뿐이에요. 딸기 주스는 술이 아니잖아요."

"네가 아무래도 또 무슨 실수를 했나 보구나."

마릴라는 거실로 가 찬장을 열었다. 찬장 안에 들어 있는 것은
딸기 주스가 아니라 마릴라가 3년 동안 저장해 둔 포도주였다.
그제야 마릴라는 딸기 주스 병은 지하실에 있다는 것을
생각해 냈다. 마릴라는 터져 나오는 웃음을 겨우 참으며
앤에게 돌아왔다.

"앤, 너는 소동을 일으키는 데 재주가 있구나. 그건 딸기
주스가 아니라 포도주였어. 그걸 몰랐구나."

"저는 사과를 잔뜩 먹어서 마시지 않았거든요. 틀림없이 딸기

주스로 알았어요. 다이애나는 석 잔을 마시더니 어지럽다면서
집으로 돌아가겠다고 말했어요. 다이애나는 집에
돌아가자마자 잠이 들었는데, 발리 아주머니가
다이애나한테서 냄새를 맡으시고 술을 마신 걸 아셨대요.
발리 아주머니는 제가 일부러 그랬다고 생각하고 화를 내시는
거예요."

"그게 딸기 주스라 해도 석 잔을 마시는 것은 너무했다.
배탈이 날 수도 있는데 말이야. 어쨌든 네가 일부러 그런 것은
아니니까, 그만 울어라."

"그렇지만 저는 이제 다이애나와 영원히 헤어지게 되었어요.
처음으로 만나 우정이 변치 않을 것을 맹세했는데 이런 일이
생기다니. 이제 다시는 우리 우정을 회복할 수 없을 거예요.
어쩌면 좋아요?"

"걱정 말아라. 발리 부인도 네가 일부러 그런 것이 아니라는
걸 알게 되면 화가 풀릴 거다. 내가 발리 부인에게 잘
말씀드려 주마. 자, 울음을 그치렴."

"꼭 그렇게 해 주셔야 해요."

"알았다. 다 잘 될 거야. 걱정 마라."

마릴라는 오후에 다이애나 집에 다녀왔다. 앤은 문 앞에 서서

아주머니가 돌아오기를 기다렸다. 마릴라는 이내 어두운

얼굴로 돌아왔다.

"어떻게 됐나요? 저를 용서해 주시지 않지요?"

"그래, 너무나 완강하더구나."

마릴라는 투덜거리며 말했다.

"도대체 그렇게 고집센 여자는 처음 봤구나. 내 말을 도무지

믿으려 하지 않아."

마릴라는 언짢아하며 부엌으로 들어갔다.

앤은 잠자코 서 있다가 무슨 생각을 했는지 문을 열고 나갔다.

앤은 가문비나무 숲을 지나 다이애나 집으로 쏜살같이

달려갔다.

앤이 문 앞에서 노크를 하자 발리 부인이 문을 열었다. 발리

부인은 앤을 보고는 쌀쌀하게 물었다.

"무슨 일이니?"

앤은 두 손을 모으고 빌었다.

"제발 절 용서해 주세요. 저는 그것이 주스인 줄만 알고

마시게 했던 거예요. 제발 다이애나와 함께 놀 수 있게 해

주세요. 다이애나는 제 단 하나뿐인 친구예요. 아주머니께서

용서를 안 해 주시면 전 언제까지나 슬픔에 잠겨 지내게 될

거예요."

앤이 애원했지만 발리 부인은 여전히 쌀쌀맞게 말했다.

"앤, 너는 우리 다이애나와 어울리지 않는 아이야. 그러니까 집으로 어서 돌아가려무나."

"아아, 아주머니……. 그럼 다이애나와 작별 인사라도 할 수 있도록, 한 번만이라도 만나게 해 주세요."

"다이애나는 아버지와 함께 카모디에 가서 집에 없다!"

발리 부인은 문을 꽝 하고 닫아 버렸다. 앤은 기운 없이 초록 지붕 집으로 돌아왔다.

"제가 발리 아주머니 댁으로 달려가서 용서를 빌었는데 소용이 없었어요. 오히려 절 모욕하셨어요. 발리 아주머니는 예의바른 사람이 아니에요. 하느님께 기도를 드려도 소용이 없을 것 같아요. 발리 아주머니의 고집은 하느님도 꺾지 못할 테니까요."

"앤, 그런 말 하면 안 된다!"

마릴라는 앤을 꾸짖었으나, 자기 전에 2층으로 올라가 보았다. 앤이 울다 잠든 모습이 측은해서 마릴라는 앤의 얼룩진 뺨에 입을 맞추었다.

용서받은 앤

다음 날 오후, 창가에 앉아 바느질을 하던 앤이 바깥을
보았다. 그 때 다이애나가 손짓을 하며 앤을 불렀다.
앤은 기쁜 마음으로 다이애나를 향해 달려갔으나 곧
다이애나의 풀 죽은 얼굴을 보고는 힘이 빠졌다.
"어머니 화가 아직 풀리지 않았구나."
다이애나는 슬픈 얼굴로 고개를 끄덕였다.
"다시는 너와 놀아서는 안 된대. 간신히 졸라서 너와 작별
인사를 하는 것만 허락받았어. 단 10분간이야."
"영원히 헤어지는데 10분은 너무 짧아. 다이애나, 무슨 일이
있어도 나를 잊지 않겠다고 약속해 줄 수 있니?"

앤은 울면서 말했다.

"물론이야. 나는 앞으로 다른 친구와는 사귀지 않아!"

다이애나는 흐느껴 울며 말했다.

"잠깐. 다이애나, 우리의 변치 않는 우정을 위해 네 검은 머리카락을 조금 잘라 주지 않을래?"

"가위 같은 것이 있어야 할 텐데."

"마침 재봉 가위가 호주머니에 있어."

앤은 슬픔에 잠겨 다이애나의 굽슬굽슬한 머리카락을 조금 잘라 냈다.

"나의 사랑하는 친구, 다이애나. 난 너를 위해 날마다 기도할 거야."

앤은 다이애나 모습이 보이지 않게 될 때까지 손을 흔들다가 집으로 돌아와 마릴라에게 말했다.

"아줌마, 다 끝났어요. 다이애나와 저는 시냇가에서 너무나 슬픈 이별을 했어요. 다이애나는 저에게 머리카락을 조금 잘라 주었어요. 저는 그것을 작은 봉투에 넣어 평생 동안 제 머리맡에 둘 거예요. 그리고 마릴라 아줌마, 나중에 제가 죽으면 저와 함께 묻어 주세요. 아마 저는 너무 슬퍼서 오래 살지 못할 것 같아요."

"앤, 그렇게 말하는 걸 보니, 헤어진 슬픔 때문에 죽을 것 같지는 않구나."

마릴라는 조금도 동정하지 않았다.

다음 날 아침, 앤은 책가방을 어깨에 메고 2층에서 내려와 마릴라를 놀라게 했다.

"학교에 다시 가야겠어요. 친한 친구와도 헤어지게 된 지금 제 인생에 남은 것은 학교밖에 없어요. 학교에 가면 다이애나를 멀리서라도 볼 수 있을 테니까요."

"학교에 가면 전과 같은 짓은 하지 마라. 늘 생각하고

행동해라."

마릴라는 기쁨을 감추며 말했다.

"저는 놀랄 만한 모범생이 될 거예요."

앤은 침착한 얼굴로 밖으로 나갔다. 학교에 가자 앤은
모두에게서 대환영을 받았다.

친구들은 살구 세 개, 물총으로 쓸 수 있는 향수병, 시가
씌어진 분홍색 종이 등을 주었다. 친구들만이 아니었다.

필립스 선생님은 앤을 모범생인 미니 앤드류스 옆자리에 앉혀
주었다.

점심 시간 뒤에 앤이 자리에 돌아왔을 때 책상 위에
먹음직스러운 빨간 사과가 놓여 있었다.

앤은 그것을 들어 한 입 먹으려다 애본리에서 이런 사과가
나오는 곳은 '눈부신 호수' 건너편에 있는 길버트 집
과수원밖에 없다는 것이 생각났다. 앤은 그 사과를 불이 붙은
석탄덩이라도 되는 것처럼 던져 버리고 손을 닦았다.

하지만 앤은 다이애나가 전혀 반기지도 않고 아는 체도 하지
않자 몹시 마음이 아팠다.

그러나 다음날 앤은 꼬깃꼬깃 접은 편지와 작은 소포를
받았다.

사랑하는 앤

엄마가 학교에서도 너와 놀지 말라고 하셔. 내 마음이

아니니까 날 원망하지 마. 난 널 사랑해. 그리고 이건 내가

만든 책갈피야. 이걸 볼 때마다 날 기억해 줄래?

너의 절친한 친구 다이애나

앤은 책갈피에 입을 맞추었다.

길버트와 앤은 번갈아 가며 일등을 차지했다. 앤은 더욱

열심히 공부하여 실력이 날로 향상되었다.

4학년 2학기가 끝날 무렵, 앤과 길버트 그리고 몇 명의

아이들은 5학년 반에서 특별 과목인 기하, 프랑스 어, 라틴 어,

대수 등의 기초를 배우게 되었다. 그 중에서 기하는 참 어렵고

따분했다.

어느 날, 마릴라가 멀리 여행을 떠나 앤과 매슈는 모처럼

오붓한 시간을 즐길 수 있었다.

매슈는 소파에 앉아 농업 잡지를 펴 놓고 꾸벅꾸벅 졸고, 앤은

기하 공부를 하고 있었다.

"아저씨도 학교에서 기하 공부를 하셨어요?"

졸던 매슈는 깜짝 놀라 고개를 들었다.

"응? 아니, 배우지 않았어."

"배우셨다면 저를 이해하실 수 있었을 거예요. 정말이지
어려운 과목이에요. 전 기하를 잘 하는 아이들이 부러워요.
하지만 다이애나가 나보다 잘 하는 것은 기뻐요. 우리는 모른
척하고 지내지만 항상 서로를 깊이 사랑하고 있어요."

"앤, 넌 뭐든 척척 잘 하고 있다. 지난 주에 필립스 선생님을
만났는데 네가 학교에서 제일 머리가 좋고 똑똑한 아이라고
칭찬하셨다."

"선생님이 문제를 바꾸지만 않았으면 더 잘 할 수 있었을
거예요. 참, 아저씨, 지하실에서 사과를 꺼내 와도 돼요?"

"그러렴. 나도 먹고 싶구나."

매슈는 먹고 싶지 않았지만 앤이 사과를 좋아하는 것을 알고
그렇게 대답했다.

앤이 지하실로 내려가 사과를 가지고 올라왔을 때였다.
갑자기 문이 쾅 하고 열리더니 다이애나가 창백한 얼굴로
숨을 헐떡이며 뛰어들어왔다. 앤은 놀라며 촛불과 접시를
떨어뜨렸다.

"다이애나, 무슨 일이니?"

"큰일났어, 앤. 지금 우리 집에 같이 가 줘. 동생 미니 메이가

후두염에 걸렸나 봐. 그런데 아버지와
어머니가 모두 외출하셨기 때문에 의사를 불러
올 사람이 없어. 어떻게 하면 좋아?"
다이애나는 울기 시작했다.
다이애나의 말에 매슈는 급히 모자와 외출복을
집어 들고 어두운 뒷마당으로 뛰어나갔다.
"매슈 아저씨는 의사 선생님을 모시러
카모디에 갈 마차를 준비하고 있어."
앤은 급하게 겉옷을 입으면서 말했다.
"카모디에는 의사 선생님이 없을 텐데…….
모두 마을에 가셨을 테니까."
다이애나의 울음 섞인 말에 앤은 침착하게
말했다.
"걱정 마. 후두염이라면 어떻게 해야 하는지
내가 잘 알아. 해먼드 씨네 세 쌍둥이가 모두
후두염에 걸렸었거든. 자, 가자."
둘은 손을 잡고 얼어붙은 들판을 가로질러
달려갔다.
세 살배기인 미니 메이의 상태가 매우

나쁘다는 것은 한눈에 알 수 있었다. 열에 들뜬 뜨거운 몸을 괴로운 듯이 뒤틀었다. 미니 메이가 내쉬는 가쁜 숨소리가 집 안에 가득 찼다.

발리 부인이 집을 비운 동안 아이들을 돌보기 위해 온 메리 조는 얼굴이 동그랗고 붉은 프랑스 소녀인데, 부엌에 놓인 긴 의자에 앉아서 어쩔 줄 몰라 하고 있었다.

앤은 재빨리 움직였다.

"뜨거운 물이 많이 필요해. 다이애나, 이 주전자에 물을 가득 넣어 줘. 그리고 메리 조, 난로에 불을 지펴 주세요. 내가 미니 메이의 옷을 벗기고 침대에 누일 테니까 다이애나는 부드러운 천을 찾아와. 그리고 무엇보다도 먼저 토근을 먹여야 해."

메리 조는 앤이 시키는 대로 했다.

앤이 메이에게 약을 먹이려 했지만 메이는 좀처럼 약을 먹으려 하지 않았다. 그러나 앤은 익숙한 솜씨로 메이를 달래 약을 먹였다. 앤은 밤새 한잠도 자지 않고 괴로워하는 메이를 정성스럽게 간호했다.

매슈가 의사를 데리고 왔을 때는 새벽 3시였다. 메이는 이미 앤의 치료 덕분에 푹 잠들어 있었다.

뒤늦게 달려온 발리 부부에게 의사가 말했다.

"앤이라는 아이는 정말 영리하더군요. 그 아이가 아니었다면
아기는 목숨을 잃었을지도 모릅니다. 그 아이가 아기의
생명을 구한 거예요. 그 아이의 간호 솜씨는 아주 훌륭했어요.
또 어린아이답지 않게 매우 침착하더군요."

앤은 이미 매슈와 함께 서리가 내린 길을 달려 집으로 돌아온
뒤였다. 앤은 곧바로 곯아떨어졌다.

앤이 깼을 때는 햇살이 밝은 오후였다. 아래층으로 내려가
보니 마릴라가 돌아와 있었다.

"아주머니, 잘 다녀오셨어요? 여행은 즐거우셨어요?"

"그래, 잘 다녀왔단다. 그건 그렇고 어젯밤 얘기를 오빠한테
들었어. 네가 응급 치료법을 알고 있어서 다행이었어. 그렇지
않았으면 큰일날 뻔했잖니. 참, 발리 부인이 아까 다녀가셨다.
네가 잠들어 있어서 깨우지 않았지만 메이의 생명을 구한
은인이라고 칭찬하셨단다. 지난번 포도주 사건 때문에 널
야단친 것을 미안하게 생각하셨어. 일부러 한 일이 아니라는
것도 이제는 안 것 같더구나. 다시 다이애나와 사이좋게 지내
줬으면 좋겠다고 하셨어. 그래서 내가 너를 집으로
보내겠다고 말했지. 다이애나가 감기에 걸려서 집에 있다고
하더구나."

"정말이에요? 정말 다이애나와 함께 놀아도 되는 건가요?"

앤은 너무나 기뻐 어쩔 줄 몰랐다.

"그렇다니까! 그런데 배가 고프겠구나. 식탁 위에 먹을 것이

있으니 가서 먹으렴."

"너무 기뻐 배고픈 것도 잊어버렸어요. 아주머니, 지금 당장

다이애나에게 갔다 올게요. 그래도 되죠?"

"그래, 어서 다녀오려무나."

앤은 외투도 입지 않은 채 뛰어나갔다. 마릴라가 옷을 입고

가라며 큰 소리로 불렀지만 소용 없었다. 마릴라는 입가에

웃음을 띤 채 뛰어가는 앤의 뒷모습을 지켜보았다.

얼마 후, 앤은 웃는 얼굴로 집에 돌아와 말했다.

"아주머니, 아저씨, 전 너무 기뻐요. 발리 아주머니가 제게

키스를 해 주면서 사과하셨어요. 그리고 메이를 간호해 준

일에 대해 무척 고마워하셨어요. 극진히 대접까지 해 주셨고,

은혜에 보답할 길이 없다고까지 말씀하셨어요. 다이애나와

다시 만날 수 있는 것만으로도 기쁜데 그렇게까지 절 인정해

주셔서 너무 기뻤어요."

앤은 다이애나와 함께 지낼 날들을 생각하니 가슴이

부풀어올랐다.

케이크 맛이 이상해

초록 지붕 집에 또다시 봄이 찾아왔다.

아름답지만 변덕스러운 봄이었다.

4월부터 5월까지 기분 좋은 날씨가 계속되었으며, 모든 것이
되살아나 쑥쑥 자랐다.

6월이 끝나 갈 무렵의 어느 날, 학교에서 돌아온 앤은 이미
흠뻑 젖은 손수건으로 새빨개진 눈을 닦으면서 말했다.

"마릴라 아줌마와 린드 아줌마 말대로 세상은 만나고
헤어지는 일투성이예요. 오늘 손수건을 여분으로 한 장 더
가지고 가서 다행이었어요."

"앤, 네가 그렇게 필립스 선생님을 좋아했는지 몰랐구나.

선생님이 가신다고 눈물을 흘리느라 손수건을 두 장이나
적시다니.”

“마릴라 아줌마, 실은 선생님을 정말로 좋아하기 때문에 운
것은 아니었어요. 다른 아이들이 모두 울었기 때문에 나도
모르게 눈물이 나왔을 뿐이에요. 제일 먼저 울기 시작한 것은
루비 길리스예요. 언제나 필립스 선생님을 너무 싫어한다고
말했으면서 선생님이 작별 인사를 하자마자 ‘왕’ 하고 울음을
터뜨렸어요. 그러자 모두 차례로 울기 시작했어요. 저는
참으려고 했지만 도저히 참을 수 없었어요. 선생님 눈에도
눈물이 고였어요.”

“그랬구나.”

“그렇지만 아줌마, 언제까지나 슬픔에 빠져 있을 수는 없어요.
새로 오실 목사님과 사모님이 정거장에서 오시는 것을
봤거든요. 사모님은 아주 예쁜 분이에요. 볼록한 소매가 달린
푸른 모슬린 옷을 입고, 장미 장식이 붙은 모자를 쓰고
있었어요. 목사님 집이 준비될 때까지 린드 아줌마 집에
머물기로 하셨대요.”

애본리 마을은 새로 오는 명랑하고 젊은 목사 부부 이야기로
들떠 있었다.

목사인 알렌 부부는 얼마 전에 결혼한 신혼이었으며 자신들의
일에 대해 사랑과 넘치는 열의를 갖고 있었다. 그렇기 때문에
마을 사람들은 목사 부부에게 마음을 열고 그들과 친하게
지냈다.

앤 역시 목사 부인인 알렌 부인을 진심으로 좋아하게 되었다.
그래서 앤은 마릴라에게 말했다.

"알렌 부인은 정말 좋은 분이에요. 주일 학교에서 우리 반을
맡게 되었는데 무엇이건 질문을 해도 좋다고 하셨어요. 저는
묻는 것에 관해서는 아주 자신 있거든요. 그래서 여러 가지를
여쭤 보았어요."

"그렇고말고."

마릴라는 이어서 말했다.

"며칠 뒤 목사님 부부를 집에 초대하려고 하는데 다음 주
수요일쯤이 좋겠지? 그렇지만 매슈에게는 절대 말하지 마라.
알렌 씨 부부가 오는 것을 알면 그 날 어떻게든 도망갈 구실을
만들 테니까."

"비밀을 지킬게요. 그런데 마릴라, 제가 케이크를 만들도록 해
주시겠어요? 제가 알렌 부인에게 뭔가 해 드리고 싶어요.
케이크라면 잘 만들 수 있을 것 같아요."

"물론이다. 그렇다면 레어 케이크를 만드는 게 좋겠구나."

마릴라가 허락해 주었다.

초록 지붕 집에서는 월요일과 화요일에 걸쳐 음식 준비를

했다. 맛있는 음식들과 멋진 과자가 마련되었다.

수요일 아침, 앤은 해가 뜨자마자 자리를 박차고 일어났다.

어젯밤 시냇가에서 다이애나와 물장난을 하고 놀아서 심한

감기에 걸렸으나, 폐렴에 걸리지 않은 한 요리를 포기하고

싶지는 않았다.

앤은 아침 식사가 끝나자마자 케이크 만드는 일을 시작했다.

그리고는 빵 반죽을 화덕 속에 넣은 다음, 한숨을 내쉬었다.

앤은 걱정스럽게 말했다.

"넣어야 할 것을 제대로 넣긴 했는데……. 마릴라, 밀가루

반죽이 잘 부풀까요? 만약 부풀지 않으면 어떻게 하죠?"

"다른 음식이 많이 있으니 괜찮다, 앤."

마릴라는 원래 침착한 사람이었다.

하지만 케이크는 황금 거품처럼 둥그렇게 부풀어올라 모습을

드러냈다. 앤은 기쁨으로 얼굴이 빨갛게 상기되어 케이크

위에 젤리를 꽂았다.

"가장 좋은 찻잔을 꺼내야겠지요?

테이블 위는 장미꽃으로 장식을 할까요?"

앤이 묻자 마릴라는 냉정하게 말했다.

"그럴 필요 없다. 음식이 우선이다. 형식적인 겉치레 따위는

없는 것이 나을 거다."

"그렇지만 발리 아줌마 집에서는 꽃을 꽂았대요. 그랬더니
목사님이 매우 좋아하셨대요."

"그럼 좋을 대로 하렴. 그렇지만 꽃 때문에 접시나 음식을 둘
자리가 모자라서는 안 된다."

마릴라는 발리 부인에게건 누구에게건 뒤지는 것을 좋아하지
않았다.

앤은 재빨리 장미와 풀고사리를 꺾어 와, 제 방식대로 테이블
가장자리를 장식했다.

목사 부부는 자리에 앉자마자 테이블 장식을 칭찬해 주었다.
그 때문에 앤은 너무 기뻐서 하늘에라도 오를 것 같은 기분이
되었다.

매슈도 흰 칼라가 달린 푸른색 정장을 입고 점잖게 앉아
있었다. 매슈가 어떻게 해서 테이블 앞에 앉게 되었는지는
하늘과 앤만이 알고 있었다.

모두가 즐겁게 식사를 마친 뒤, 드디어 앤이 만든 레어
케이크가 나올 차례가 되었다. 알렌 부인은 이제 너무 많이
먹었다며 정중히 거절했다.

그러자 마릴라는 앤의 실망한 얼굴을 보고는 부드럽게

설명했다.

"아, 이것은 조금만이라도 맛을 보셔야 해요. 앤이 특별히
알렌 사모님을 위해서 만든 것이니까요."

"그렇다면 꼭 맛을 보아야겠군요."

알렌 부인은 살짝 미소지으면서 보드랍게 부푼 삼각형 모양의
케이크를 집었다.

알렌 부인은 케이크를 한 입 넣는 순간 뭐라고 말할 수 없는
묘한 표정을 지었다. 그렇지만 아무 말 하지 않고 계속
먹었다.

마릴라가 알렌 부인의 표정을 보고는 급히 한 조각을 집어
입에 넣었다. 그리고 앤을 향해 큰 소리로 물었다.

"앤! 도대체 이 속에 무엇을 넣은 거니?"

"아, 마릴라 아줌마, 아무것도……. 준비물 목록에 씌어 있는
대로 넣었을 뿐이에요."

앤은 어쩔 줄 몰라 하며 작은 소리로 말했다.

"저어, 맛있게 만들어지지 않았나 보죠?"

앤은 다시 물었다.

"맛있느냐고? 이건 정말 너무 심하군! 사모님, 드시면 안
돼요. 앤, 네가 먹어 봐. 대체 어떤 향료를 쓴 거지?"

"이거예요."

앤이 가져온 병에는 갈색 액체가 조금 남아 있었는데 노란색 글씨로 '가장 좋은 바닐라' 라고 씌어 있었다.

마릴라는 그것을 손바닥에 덜어 냄새를 맡고는 얼굴을 찌푸렸다.

"앤, 이것은 진통제란다. 지난 주에 네가 약병을 깨뜨려서 남은 약을 오래 된 빈 바닐라 병에 옮겨 담은 거야. 아, 내 잘못도 있었다. 너에게 미리 주의를 주었어야 했는데. 그렇지만 어째서 냄새를 맡아 보지 않았지?"

앤은 훌쩍훌쩍 울면서 대답했다.

"냄새를 알 수 없었어요. 심한 감기에 걸렸거든요."

대답을 마친 앤은 제 방으로 뛰어들어가 침대에 몸을 던지고 울부짖었다. 이윽고 계단을 올라오는 가벼운 발소리가 들리고 누군가가 방으로 들어왔다.

"아, 마릴라 아주머니."

앤은 얼굴도 들지 않은 채 울면서 말했다.

"저는 너무 큰 실수를 하고 말았어요. 분명히 소문이 날 거예요. 애본리에서는 모든 소문이 빨리도 퍼지니까요.

앞으로 진통제를 넣고 케이크를 만든 아이라고 손가락질 받을
게 분명해요. 아, 제 기분을 조금이라도 이해하신다면 제게
부엌으로 내려가 접시를 닦으라고 하지 말아 주세요.
목사님과 사모님 두 분이 가시고 난 뒤 하겠어요. 그렇지만
이제 두 번 다시는 알렌 부인의 얼굴을 볼 수 없을 거예요.
어쩌면 알렌 부인은 제가 부인을 독살하려 했다고 생각할지도
몰라요. 그렇지만 그 약은 독약이 아니에요. 마릴라 아주머니,
알렌 부인에게 대신 말해 주세요, 제발."
"앤, 그보다 네가 알렌 부인에게 직접 말하는 게 어떻겠니?"
마릴라의 목소리가 아닌 다정한 목소리였다. 앤이 놀라서
일어나 보니 알렌 부인이 침대 옆에 서서 웃으면서 앤을
내려다보고 있었다.
"너는 착한 아이니까 울지 마라. 누구나 실수를 한단다. 자, 난
괜찮다."
"아니에요. 바보 같은 실수예요. 저는 정말 맛있게 만들어
드리고 싶었어요."
"알고 있어. 나는 네 친절하고 상냥한 마음이 더 고맙다. 자,
나하고 함께 내려가 정원을 보여 주렴. 너는 네 꽃밭을 갖고
있다면서? 보고 싶구나. 나도 꽃을 아주 좋아하거든."

앤은 부인의 뒤를 따라 내려가면서 조금씩 기분이 좋아졌다.
알렌 부인이 저처럼 꽃을 좋아한다는 것이 참으로 기뻤다.
손님이 돌아간 후 앤은 어처구니없는 일이 오히려 즐겁고
멋졌다는 것을 깨달았다. 그래서 앤은 안도하는 숨을
내쉬었다.

"마릴라 아줌마, 돌아오는 새로운 날에는 실수하지 않을
거예요. 아줌마도 기쁘지요?"

"아니, 너는 또 많은 실수를 하게 되어 있어. 너처럼
실수투성이인 아이는 이제까지 본 적이 없다."

마릴라의 말에 앤은 우울한 얼굴로 대답했다.

"그건 알아요. 그렇지만 제게는 한 가지 좋은 점이 있어요.
똑같은 실수는 반복하지 않는다는 거죠."

"그렇다고 새 일이 닥칠 때마다 늘 실수를 해서야 되겠니?"

"어머, 마릴라 아주머니, 그렇지 않아요! 한 사람의 인간이
하는 실수에는 분명히 한계가 있을 거예요. 그러니까 제가
어느 정도 더 실수한다면 그것으로 끝일 거예요.
아, 그렇게 생각하니까 마음이 참 가벼워졌어요."

앤은 마릴라 목에 매달려 웃었다.

불룩한 소매 새 옷

여름이 지나고 계곡에 안개와 구름이 끼는 가을이 되었다.
그러나 어느 날부터인가 숲의 분지에 마른 잎이 수북이
쌓이고 차가운 바람이 부는 겨울이 시작되었다.
12월 어느 춥고 흐린 날 저녁 무렵이었다.
황혼 속을 지나 집에 돌아온 매슈는 의자에 앉아서 무겁고 긴
구두를 벗었다. 그러고는 부엌으로 들어와 한쪽 구석에
앉았다.
그 때 앤과 친구들은 새로 오신 스테이시 선생님 계획에 따라
크리스마스 밤에 있을 음악회에서 발표할 '요정의 여왕'을
연습하고 있었다.

연습이 끝났는지 잠시 후 여자 아이들은 왁자지껄 웃으며
부엌으로 나왔다. 아이들은 누구 하나 매슈가 구석에
있다는 것을 깨닫지 못했다. 그것은 부끄러움을 타는
매슈가 벗은 구두와 구두 주걱을 든 채 좀더 어두컴컴한

깊은 곳으로 숨어 버렸기 때문이었다.

앤은 눈을 빛내며 발그스름한 얼굴로 소녀들에게 둘러싸여 있었다.

매슈는 구석에 숨어서 아이들을 계속 바라보았다. 그러다 문득 앤이 다른 아이들과 어딘가 다르다는 것을 깨달았다. 그러자 매슈는 우울해졌다.

앤은 다른 여자 아이들에 비해 밝은 얼굴을 하고 커다란 눈을 반짝이며 이야기하고 있었다.

부끄럼이 많아 사람들을 똑바로 쳐다보지 못하는 매슈조차 그것만은 알 수 있었다.

매슈는 그 날 밤 2시간이 넘게 담배를 피우면서 골똘히 생각에 잠겼다. 그는 얼마 뒤, 어려운 문제를 풀어 낼 수 있었다.

해답은 앤이 입은 옷이 다른 여자 아이들 옷과 다르다는 것이었다.

'앤은 초록 지붕 집에 온 후로 단 한 번도 다른 여자 아이들 같은 옷을 입은 적이 없었어. 마릴라는 언제나 검지 않으면 흰 옷감으로 만든 옷만을 입혔어. 다른 아이들처럼 빨강이나 분홍, 파란색의 화려한 옷을 한 번도 입게 한 적이 없어. 어째서 마릴라는 앤에게 그런 평범한 옷만 입히는 거지?

마릴라도 생각이 있어서겠지만, 저 애에게도 다이애나가 입은
것 같은 예쁜 옷 한 벌 정도는 있어도 나쁘지 않잖아. 그래,
내가 새 옷을 한 벌 해 주어야지.'

매슈는 굳게 마음먹었다.

매슈는 옷에 유행이 있다는 것은 몰랐지만, 앤의 소매가 다른
여자 아이들 소매처럼 볼록하지 않다는 것만은 분명히 보았다.
크리스마스까지는 아직 2주일이 남았다. 예쁜 새 옷이야말로
가장 좋은 선물이 될 거라는 생각이 들었다. 여자 아이한테는
더욱 그럴 것이었다.

매슈는 만족한 한숨을 내쉬고 파이프를 서랍에 넣어 두고
잠자리에 들었다.

다음 날 저녁 매슈는 카모디 마을에 있는 가게로 옷을 사러
나갔다.

매슈는 여자 점원이 있는 가게는 쑥스러워 주인인 사무엘이나
아들이 나와서 이야기하는 로손 가게로 찾아갔다. 그런데
딱하게도 로손 가게는 가게를 넓히고 점원을 여자로 바꾼
뒤였다.

"필요한 것이 또 있으신가요?"

여자 점원이 묻자 매슈는 잔뜩 긴장하여 대답했다.

"저, 사료용 건초 씨가 조금 필요합니다만."

하리스 양은 전부터 매슈가 이상한 사람이라는 소문은
들었는데 정말 그렇구나, 하는 확신을 갖게 되었다.

"사료용 건초 씨는 봄에만 팔기 때문에 지금은 없습니다."

"그렇지, 그렇고말고……. 네, 그렇습니다."

잔뜩 긴장한 매슈는 입을 다물고 처음에 산 갈퀴를 들고
나오려고 했다. 그러다 입구에서 돈을 내지 않은 것을
깨닫고는 꾸물꾸물 뒤돌아섰다.

그리고 하리스 양이 거스름돈을 세는 동안 매슈는 마지막
용기를 다해서 입을 열었다.

"저, 만일 너무 폐가 아니라면……. 그…… 저…… 설탕을 좀
주셨으면……."

"흰 설탕과 검은 설탕 두 가지가 있는데요?"

"저, 그럼…… 검은 것으로 하나."

매슈는 제대로 말을 할 수가 없었다.

"저 쪽에 있습니다. 저것 한 가지밖에 없습니다."

"그러면……. 그러면 저걸 20파운드만 주십시오."

매슈는 이마에 구슬 같은 땀을 흘리면서 겨우 말했다.

집에 도착한 매슈는 갈퀴는 헛간에 두고 설탕만 마릴라에게

주었다.

"흑설탕이네요. 웬 걸 이렇게 많이 사 온 거죠? 거칠고 질
낮은 걸 말예요."

"나는…… 그것도…… 때로는 필요하지 않을까 하고
생각했단다."

그 후로 며칠을 고민한 끝에 매슈는 이 일은 여자의 도움을
빌리지 않으면 안 된다는 것을 깨달았다.

그러나 마릴라에게 이야기해서는 안 되었다. 트집을 잡을 게
틀림없었다. 그런 마릴라말고 애본리에서 매슈가 이야기할 수
있는 여자는 린드 부인뿐이었다.

매슈는 용기를 내어 린드 부인을 찾아갔다. 인자한 린드
부인은 고민에 빠진 매슈의 짐을 당장에 덜어 주었다.

"앤의 새 옷을 만들어 주고 싶으신 거죠? 걱정 마세요. 제가
카모디에 가서 옷감을 사 오겠어요. 겨울이니까 앤에게는
고상한 밤색이 어울릴 거예요. 만들기도 제가 하는 것이
좋겠지요? 정말이지 곤란해하실 필요 없어요. 조카딸인 제니
기리스 것과 똑같이 만들면 돼요. 제니와 앤은 마치 쌍둥이
같으니까요."

"어, 어떻게 감사를 드려야 할지 모르겠군요. 그리고, 그리고,

사실은…… 팔 모양은 지금은, 전과 다르다고
생각합니다……. 그러니까…… 저는 옷소매 모양을 유행에
맞게 만들어 입히고 싶습니다만."
"볼록한 소매를 말씀하시는 거죠? 그렇게 하겠습니다.
걱정하지 마세요. 최신 유행으로 만들 테니까요."
린드 부인은 기분 좋게 승낙해 주었다.
며칠 동안 마릴라는 매슈가 무언가 자신이 모르는 일을
꾸미고 있는 것같이 느꼈지만 굳이 알려고 하지는 않았다.
크리스마스 전날이었다. 린드 부인이 바느질해서 만든 앤의
새 옷을 가지고 찾아왔다.
"아, 매슈가 며칠 동안 이유를 알 수 없는 모습으로 혼자서
히죽히죽 웃었던 것이 이 옷 때문이었군요."
마릴라는 퉁명스럽게 말했지만 표정은 밝았다.
"저는 매슈가 뭔가 어리석은 일을 벌였나 보다 하고
생각했어요. 역시 제 생각이 맞았군요. 앤에게는 올 가을에
옷을 세 벌이나 만들어 주었기 때문에 더 이상 필요
없는데……. 그렇지만 앤은 아주 좋아할 거예요. 불룩한
소매가 유행하는 걸 알고 나서 이걸 입고 싶어서 안달을
했으니까요."

크리스마스 아침은 흰 눈이 내려 세상이 온통 하얀색을 칠한
듯했다. 밤새 내린 눈이 애본리를 온통 은빛 세계로 바꾸어
버린 것이다.

앤은 제 방 창문을 활짝 열어젖혀 신선한 공기를 가슴 가득
들이마시고는, 초록 지붕 집이 울리도록 큰 소리로 노래를
부르며 아래로 내려갔다.

"크리스마스를 축하합니다, 마릴라 아줌마. 크리스마스를
축하합니다, 매슈 아저씨. 화이트 크리스마스라서 정말
기뻐요. 아니, 아니……. 그게 뭐죠? 매슈 아저씨, 그것을
저에게 주시는 거예요? 아저씨!"

매슈는 머뭇거리며 새 옷을 꺼내 마릴라를 훔쳐보면서 그것을
앤에게 안겨 주었다. 마릴라는 웃음을 참는 표정으로 차를
만들면서 곁눈질로 쳐다보았다.

앤은 너무 기뻐 말도 못 하고 멈춰 선 채 새 옷을 뚫어지게
바라보았다.

얼마나 아름답고 화려한지!

반짝이는 멋진 밤색 글로리아 비단옷, 우아한 주름으로 된
스커트, 최신 유행의 블라우스, 예쁜 레이스 장식이 있는 목
둘레. 그리고 제일 근사한 것은 볼록하게 주름잡힌 소매였다.

팔목에서 팔꿈치까지는 꼭 맞고 그 위에 밤색의 실크 리본을
양쪽으로 묶어 소매를 볼록하게 부풀어오르게 만든 옷이었다.
"네게 주는 크리스마스 선물이다, 앤."
매슈는 수줍어하며 말했다.
그러자 갑자기 앤의 큰 눈에 눈물이 가득 고였다. 매슈가
당황해서 물었다.
"왜, 왜 그러느냐, 앤? 옷이 마음에 들지 않니?"
"아니오, 맘에 들지 않다니요. 너무 기뻐서 꿈만 같아요.
이렇게 멋진 옷은 없을 거예요. 어떻게 감사를 드려야 할지
모르겠어요. 보세요, 이 예쁜 소매를 좀 보세요."
앤은 눈물을 닦으며 활짝 웃어 보였다.
그 때 마릴라가 퉁명스럽게 말했다.
"자, 식사합시다. 앤, 나는 네게 이런 옷이 필요하다고는
생각하지 않지만 매슈가 선물한 것이니까 소중하게 입어라.
린드 아줌마가 네게 따로 머리 리본을 보내 주셨다. 이 옷에
어울리는 밤색이구나. 자, 어서 앉아라."
"마릴라 아줌마, 저는 아무 말도 나오지 않아요. 옷을
바라보기만 해도 기쁜걸요. 리본을 따로 만들어 보내
주시다니 린드 아줌마는 정말 친절하세요. 정말로 좋은

아이가 되어야겠어요. 앞으로 더 열심히 노력하겠어요."

그 다음 날, 애본리 학생들은 모두 들떠 있었다. 저녁때
열리는 음악회를 위해서 공회당을 꾸미고 마지막 연습을
하기로 되어 있기 때문이었다.

작은 공회당은 구경 온 사람들로 가득 찼다. 음악회는
대성공이었다.

"오늘 밤은 정말 멋졌어."

음악회가 끝나고 별이 총총한 길을 다이애나와 함께
돌아오면서 앤은 말했다.

"응, 참 잘 되었어. 알렌 목사님이 오늘 밤에 있었던 음악회를

샬럿 타운의 신문사에 보내 싣게 하겠대."

다이애나가 명랑하게 대답했다.

"다이애나, 그럼 우리 이름이 인쇄돼 나오는 거잖아! 생각만 해도 두근거려. 네 독창은 정말 멋졌어. 재창 박수가 터졌을 때는 난 너보다 더 신났었어."

"네가 낭독했을 때는 공회당이 무너질 만큼 큰 박수가 터져 나왔어."

"음악회는 정말로 낭만적이야."

"앤, 남자 아이들도 잘 했다고 생각하지 않니? 길버트는 참 멋졌어. 그리고 참, 네가 요정의 대화를 끝내고 무대에서 걸어 나올 때 네 머리에서 장미 한 송이가 떨어졌는데 그것을 길버트가 주워 자기 가슴에 꽂았단다. 기쁘지 않니? 넌 낭만적이니까 이 말을 들으면 기뻐할 것 같은데, 그렇지 않니?"

"길버트 같은 애가 무엇을 하든 나하고는 상관 없어."

앤은 쌀쌀맞게 말했다.

그 날 밤, 12년 만에 음악회에 참석했던 마릴라와 매슈는 밤이 늦도록 부엌 화로 옆에 앉아 있었다.

"우리 앤은 누구에게도 지지 않을 만큼 잘 해냈어. 그렇지

않니, 마릴라?"

매슈는 자랑스러운 듯이 말했다.

"그래요, 저 아이는 영리해요. 보러 가길 정말 잘 했어요. 우리
앤이 제일 멋졌어요."

"저 아이를 앞으로 어떻게 가르쳐야 할지 생각해 볼 때가
됐어. 내 생각에는 앤에게 애본리 학교만으로는 부족할 것
같구나."

"아직 시간이 있어요. 저 아인 3월에 겨우 열세 살이
되니까요. 사실 오늘 밤 아주 어른스러워진 것을 보고 깜짝
놀라긴 했어요. 이 곳에서 공부를 마치면 퀸 학원에
보내야지요. 아직 1, 2년 기간이 더 남아 있으니 그 때
이야기하지요, 매슈."

"미리 생각해 놓는 것도 나쁘진 않아. 이런 것은 충분히
생각하면 생각할수록 좋은 거니까."

매슈가 말했다.

두 사람은 앤 이야기를 나누며 모처럼 흐뭇한 크리스마스
밤을 보냈다.

위험한 연극놀이

어느덧 겨울이 지나갔다. 그 해 여름, 두 소녀는 주로 발리 씨 집의 호수 위나 호숫가에서 유쾌한 나날을 보냈다. 다리 위에서 송어 새끼를 낚는 것도 재미있었으며, 발리 씨가 오리 사냥을 할 때 쓰던 쪽배를 타고 그것을 젓는 법을 익히는 일도 무척 즐거웠다.

그 날은 앤과 다이애나 이외에 루비 길리스와 제인 앤드류스도 놀이에 끼어들었다.

그 해 겨울에 학교에서 배운 테니슨의 시 '일레인'을 극으로 만들어 볼 계획이었다.

"물론 네가 일레인이 되는 거야."

다이애나가 누군가에게 말했다.

"나는 아무래도 물 위로 그 곳까지 떠내려갈 용기가 없어."

"나두."

루비도 제인도 입을 모아 말했다.

"빨간 머리 일레인이란 이상하잖아?"

앤이 입을 열었다.

"나는 배를 타고 가는 것이 무섭지도 않고 일레인이 되고 싶어 죽겠어. 그러나 어쩐지 이상해. 루비가 일레인이 되어야 할 것 같아. 피부가 희고 머리는 또 저렇게 길고 아름다운 금발이잖아. 봐, '일레인은 빛나는 머리를 소담하게 늘어뜨리고…….' 라고 써 있잖아. 그리고 일레인은 일명 백합 공주라고 하잖아. 빨간 머리는 백합 공주가 될 수 없어."

다이애나는 열심히 역설했다.

"너도 루비만큼 얼굴이 희잖아. 그리고 네 머리는 전보다 훨씬 좋아졌어."

"네 말이 맞긴 해!"

앤은 기쁨에 볼을 붉히며 외쳤다.

"나도 그렇게 생각할 때가 있지만……. 다른 사람에게 물어 볼 용기는 없었어. 지금은 적갈색일 거라고 생각했을 정도였어.

그렇지, 다이애나?"

"그래, 정말 멋진 빛깔로 바뀌었어."

다이애나가 말했다.

그들은 호숫가에 튀어나온 작은 땅에 서 있었다. 주위는
벚나무가 둘러싸고, 끝에는 어부와 오리 사냥꾼들을 위하여
작은 나무로 만든 받침대, 나루터가 있었다.

소녀들은 나루터에서 배를 타고 다리 밑을 빠져 나가면 아래
쪽 호수의 뾰족하게 튀어나온 땅에 도착한다는 것을 알고
있었다.

전에도 몇 번이고 가 본 적이 있기 때문에 일레인을 연극하는
데 꼭 맞았다.

"좋아, 내가 일레인 공주가 될게."

앤은 마지못해 승낙했다.

"루비, 너는 아서 왕 역을 맡아. 제인은 기네비어고,
다이애나는 렌슬롯이 되는 거야. 그리고 먼저 너희들은
일레인의 오빠나 아버지라는 사실을 명심해야 돼. 이 집
모양의 작은 배에 까만 비단을 다 깔아야 하거든. 그런데 네
어머니의 그 까만 숄을 까는 것이 어떻겠니?"

다이애나가 까만 숄을 가지고 오자, 앤은 그것을 작은 배

바닥에 깔고 뱃바닥에 눕더니 눈을 감고 두 손을 깍지끼어 가슴 위에 얹었다.

"저것 봐! 정말 죽은 사람 같잖아."

루비는 누워 있는 앤의 작고 흰 얼굴을 쳐다보며 불안하게 말했다.

"어쩐지 무서워. 저어, 너희들은 괜찮니? 연극이라는 것은 좋기만 한 것이 아니라고 린드 부인이 말씀하신 적이 있어."

"루비, 이런 때 린드 부인 얘기는 하지 않는 게 좋아."

앤이 서둘러 얼버무렸다.

"어서 시작하자. 이 연극은 린드 부인이 태어나기 몇백 년 전 일이야. 제인, 네가 지시하는 거야. 죽은 일레인이 말을 하는 건 이상하잖아."

제인은 연극을 잘 이끌어 갔다.

위를 덮을 노란 헝겊 대신 노랗고 낡은 피아노 덮개를 썼다. 흰 백합꽃도 없었으나 줄기가 긴 파란 아이리스를 앤의 손에 쥐어 주었을 때 효과는 한층 두드러졌다.

"자아, 이러면 됐어."

제인이 말했다.

"우리들은 앤의 이마에 조용히 키스를 하는 거야. 그리고

다이애나는 '누이여, 영원히, 안녕히!' 라고 말해. 그리고 루비,
너는 '잘 가요, 아름다운 나의 누이' 라고 말하고. 너희 둘 다
될 수 있는 대로 아주 슬픈 표정을 지어야 해. 자아, 좋아.
이제 배를 밀어."
작은 배는 곧 밀려 나갔다.
이 때 물 속에 잠겨 보이지 않던 오래 된 말뚝에 배가 쾅
부딪치고 말았다.

작은 배가 흐름을 타고 다리를 향해 내려가자, 다이애나

일행은 허둥지둥 뛰어서 아래쪽에 있는 곳을 향해 달려갔다.

그 곳에서 세 소녀는 각각 랜슬롯과 기네비어 왕비와 아서

왕이 되어서 백합 공주를 기다리고 있어야 했다.

앤은 떠내려가면서 잠시 동안 형언할 수 없는 낭만적인

기분에 젖었다. 그러나 그러는 동안 도저히 낭만적이라고 할

수 없는 사건이 일어나고 말았다.

배가 새기 시작한 것이다. 방금 전 나루터를 떠나면서 오래 된

말뚝에 뱃바닥이 부딪쳤을 때 바닥에 금이 간 것이었다.

그 틈으로 물이 솟아 들어왔다. 이렇게 되면 아래쪽 땅에

닿기도 전에 작은 배는 틀림없이 가라앉을 것이다. 게다가

저을 때 쓰는 노는 나루터에 그대로 두고 왔다.

앤이 비명을 질렀으나 누구의 귀에도 들리지 않았다.

입술마저 핏기가 가셨다. 그러나 앤은 침착함을 잃지 않았다.

기회는 한 번 있었다. 꼭 한 번뿐이었다.

"정말 무서웠어요."

다음 날 앤은 목사님 부인인 알렌 부인에게 말했다.

"작은 배가 흘러 다리 밑에 닿기까지 얼마나 길게

생각되었는지 몰라요. 물은 자꾸만 차올랐어요. 정말 정성을

들여 기도를 했어요. 그러나 눈은 감지 않았어요. 눈을 감는
것조차 두려웠으니까요. 하느님이 저를 살리는 데는 단
하나의 방법이 있었어요. 이 작은 배를 다리 기둥 있는 데로
몰고 가 제가 그 기둥으로 기어 올라가는 것이었어요. 기도를
드릴 때도 눈을 뜨고 해야 한다고 생각했어요. 저는 그저,
'제발 하느님이 이 배를 다리 기둥에 닿게 해 주십시오.
나머지 일은 제가 하겠습니다.' 라고 몇 번이고 기도를
드렸어요. 하느님은 마침내 저의 기도를 들어 주셨어요. 저는
피아노 덮개와 숄을 어깨에 걸치고 큰 다리 기둥 위로 기어
올라갔어요. 그러나 알렌 아줌마, 어땠겠어요? 저는 그 이상
오르지도 못하고 내리지도 못하고 그저 그 미끈미끈한 다리
기둥을 꼭 붙잡은 채 그대로 있어야만 했어요. 그 모양은 정말
보기 흉했을 거예요. 그렇지만 그 때는 그런 것이 문제가
아니었어요. 물로 된 무덤에서 도망치려는 마당에 낭만
어쩌고는 문제가 되지 않지요. 저는 곧 감사 기도를 드린 뒤
다리 기둥을 붙들고만 있었어요. 물 없는 육지로 되돌아가기
위해서는 사람의 힘을 의지해야 된다는 것을 알고 있었어요."
작은 배는 다리 밑으로 내려가다 물 속으로 가라앉고 말았다.
아래쪽에서 기다리던 루비 등 세 소녀는 작은 배가 가라앉는

것을 보고 앤도 같이 가라앉았다고 생각했다.

세 소녀는 얼어붙을 듯 창백한 얼굴로 서 있다가, 곧 목청이 터지도록 비명을 지르며 미친 듯이 숲을 가로질러 뛰어 거리로 달려갔다.

그 때 그들은 걸음을 멈추고 다리 있는 곳을 쳐다볼 여유가 없었다. 앤은 필사적으로 달라붙어서 세 사람이 뛰어가는 모습을 보았다. 곧 구조되기는 했지만 앤은 말할 수 없이 불안한 위치에 있었다.

시간은 천천히 흐르고, 운이 나쁜 백합 공주에게는 1분이 한 시간같이 생각되었다. 이제는 팔과 손목이 아파서 더 이상 견딜 수 없을 지경이 되었을 때 길버트가 다리 밑으로 작은 배를 저으며 다가왔다.

길버트는 앤을 발견하자 깜짝 놀라며 물었다.

"앤, 어떻게 된 거니?"

길버트는 능숙하게 배를 저어 앤 곁에 와서 얼른 손을 내밀었다.

'지금은 할 수 없다.'

앤은 길버트의 손에 매달려 작은 배에 올라탔다.

물에 흠뻑 젖은 숄과 피아노 덮개를 들고 멍하니 앉은 앤의

꼴은 정말로 볼썽사나웠다.

"도대체 어떻게 된 일이니, 앤?"

길버트는 노를 저으면서 물었다.

"우리는 일레인놀이를 하고 있었어. 그런데 작은 배 밑바닥에 구멍이 뚫려서 물이 새어들었어. 그래서 저 기둥에 매달린 거야. 다른 아이들은 도와 줄 사람을 부르러 갔어. 미안하지만 선착장에 내려 주겠니?"

앤은 아주 쌀쌀맞게 말했다.

길버트는 친절하게 선착장 쪽으로 데려다 주었다. 선착장에 도착하자 앤은 가볍게 뛰어올라 차갑게 인사했다.

"정말 고마워."

앤이 인사를 하고 돌아서 가려고 하자 길버트도 훌쩍 뛰어올라 앤의 팔을 잡으며 말했다.

"앤, 우리는 왜 친해질 수 없는 거지? 전에 네 머리를 놀린 것은 정말 내가 잘못했어. 널 화나게 하려고 그런 건 아니었어. 그저 장난이었다고. 요즘 네 머리는 굉장히 예뻐. 정말이야. 우리 친구가 되자."

순간 앤은 주저했으나 곧 전의 일을 생각해 내고 한

마디로 거절했다.

"아니, 너와는 친구가 될 수 없어. 되고 싶지 않아."

그러자 길버트는 화난 표정으로 말했다.

"좋아, 이제 두 번 다시는 친구가 돼 달라고 부탁하지 않겠어,
앤. 나도 싫어."

길버트는 얼굴이 빨개져서 작은 배에 올라타고 거칠게 노를
저어 돌아가 버렸다. 앤은 오솔길을 올라가면서 잠시 마음
속으로 후회가 되어, 길버트에게 그렇게 대답하지 않았으면
좋았을 걸 하고 생각했다. 오솔길 중간에서 앤은 미친 듯이
뛰어오는 제인과 다이애나를 만났다.

"아, 앤!"

다이애나는 안심과 기쁨으로 앤의 목을 끌어안고 울음을
터뜨렸다.

"우리는…… 네가…… 죽었다고 생각했어……. 아, 앤. 어떻게
살아났니?"

"다리 기둥에 매달려 있었어. 그랬는데 길버트가 작은 배로
다가와서 나를 선착장에 데려다 주었어."

"앤, 길버트는 정말 멋지구나. 너무 낭만적이야. 이젠 다시
길버트하고 말하겠구나."

이윽고 말문이 열린 제인이 말했다.

그러나 앤은 또다시 발끈 화를 냈다.

"절대로 말 안 해. 낭만 어쩌고 하는 말은 꺼내지도 마, 제인."

저녁에 이 일을 안 발리 씨 집과 카스바트 씨 집에서는 큰
소동이 일어났다.

"도대체 언제쯤 너는 철이 들겠니, 앤!"

마릴라는 파랗게 질려 떨면서 물었다.

"언젠가는 분명 철이 들 거예요, 마릴라 아줌마. 저는 오늘
아주 새로운 사실을 알았어요. 너무나 지나치게 낭만적인
것은 안 좋다는 점이에요. 몇백 년 전이라면 또 모르지만요.
아줌마, 이제 저는 확실하게 철이 들 것 같아요."

"그렇다면 다행이지만……."

마릴라는 의심스러운 듯이 말하고 방에서 나갔다.

그러자 구석에 조용히 앉아 있던 매슈가 앤의 어깨에 손을
얹고 낮은 소리로 한 마디 했다.

"네 낭만을 완전히 버리지는 마라. 조금은 남겨 두는 게 좋아."

앤은 미소지으며 고개를 끄덕였다.

퀸 학교 입학 시험

안개가 자욱한 11월의 저녁이었다.

마릴라와 앤은 난로 옆에 앉아 있었다. 그 때 갑자기 마릴라가
뜨개질하던 손을 멈추고 입을 열었다.

"아까 오후에 스테이시 선생님이 찾아오셨단다."

"그래요? 저를 부르지 그러셨어요. 그 때 전 다이애나와 함께
숲에 있었거든요. 요즘 숲 속은 너무 아름다워요. 스테이시
선생님이 오신 줄 알았더라면 얼른 돌아올 걸 그랬어요.
그런데 선생님은 무슨 일로 오셨어요?"

"네 일로 오셨다."

"제 일요? 아, 알았어요. 그렇지만 저는 숨길 생각은

없었어요. 말하는 것을 잊고 있었을 뿐이에요. 마릴라, 저는
역사 시간에 『벤허』를 읽고 있었어요. 그렇지만 저는 스테이시
선생님께 잘못을 빌고 다시는 그러지 않겠다고 말씀드렸어요.
선생님도 그 자리에서 용서해 주셨는데 여기까지 오셔서
말씀을 하시다니 너무해요."

앤은 흥분해서 빨개진 얼굴로 말했다.

앤의 말에 마릴라는 미소지으며 말했다.

"그래서 오신 것이 아니었다. 성적이 좋은 아이들 중에서 퀸
학교에 가고 싶어하는 아이들을 위해 특별반을 만들
생각이라고 하시더라. 그래서 너를 그 반에 넣으면
어떻겠냐고 물으러 오셨단다. 앤, 네 생각은 어떠니? 퀸
학교에 가서 교사 자격을 얻고 싶지 않니?"

"아주머니, 선생님이 되는 건 제 꿈이에요. 하지만
불가능하다고 생각했어요. 돈이 너무 많이 들 것 같아서요."

"그건 걱정하지 마라. 아저씨와 나는 너를 우리 집에 있게 할
때부터 너를 위해 최선을 다하고 교육도 훌륭하게 시키기로
결심했으니까. 그러니 네가 원하는 대로 특별반에 들어가도록
해라."

"아, 아주머니! 정말 고마워요."

앤은 마릴라의 허리를 껴안으면서 기쁨을 감추지 못했다.

"열심히 공부해서 꼭 아주머니, 아저씨가 자랑스럽게 여기는 사람이 되도록 할게요."

"그래, 열심히 노력해야 한다. 넌 잘 할 수 있을 거야."

마릴라는 흐뭇한 미소를 지으며 고개를 끄덕였다.

이윽고 애본리 학교에 특별반이 만들어졌다.

앤과 길버트, 루비와 제인, 찰리와 조시, 그리고 무디가 특별반에 들어갔다. 그러나 다이애나는 부모님이 퀸 학교에 가는 것을 원하지 않아 들어갈 수가 없었다.

이것이 앤에게는 무척 섭섭한 일이었다. 앤과 다이애나는 무슨 일이든 함께 해 왔기 때문이었다.

처음으로 특별반 수업을 받던 날, 앤은 다이애나가 무거운 발걸음으로 돌아가는 것을 보고 가슴이 아팠다.

애본리의 특별반 아이들은 모두 열심히 공부했다. 길버트와 앤은 여전히 일등을 다투며 경쟁을 했다.

길버트는 앤의 좋은 경쟁자였다. 다른 아이들은 이 두 사람을 따라올 생각조차 하지 못했다.

한편, 마릴라는 마을에 나가면 시력 검사를 해 보아야겠다고 생각했다. 요즘 눈이 몹시 피곤해서 아무것도 할 수가 없었다.

앤은 공부를 하면서도 틈틈이 시간을 내어 토론회와 음악회에
가기도 했고, 썰매와 스케이트를 타며 즐거운 시간을 보냈다.
게다가 앤은 이제 마릴라보다 키가 더 클 정도로 많이 자랐다.
나이도 벌써 열다섯 살이나 되어 제법 숙녀 티가 났다.
"앤, 정말 많이 자랐구나."
마릴라는 앤의 성장한 모습을 보며 감격해하면서도
한편으로는 마음이 허전했다.
앤이 커 갈수록 마릴라는 왠지 모를 외로움이 느껴졌다.
귀여웠던 예전의 앤은 사라져 버린 것 같았다.
그 날 밤, 앤이 다이애나와 함께 교회에 간 사이에 마릴라는
빈 방에 혼자 앉아 생각에 잠겼다가 그만 울음을 터뜨리고
말았다.
그 때 마침 방에 들어온 매슈가 놀라 물었다.
"아니, 왜 그러는 거니?"
"앤에 대해 생각했어요. 이젠 앤도 다 자랐어요. 내년
겨울부터는 우리 집을 떠나게 되잖아요. 그 애가 퀸 학교로
가고 없으면 쓸쓸해질 것 같아서요."
"집에 자주 올 건데 뭘 그래?"
매슈는 마릴라를 달래면서 자기도 같은 마음이라는 것을

깨달았다.

"그렇지만 한집에 함께 있을 때하고 다르잖아요."

마릴라는 한숨을 쉬며 말했다.

그런 어느 날, 마릴라가 앤에게 물었다.

"이제 시험이 얼마 안 남았지. 자신 있니?"

"잘 될 거라고 생각해요. 하지만 걱정이 되기도 해요.
스테이시 선생님이 잘 가르쳐 주시긴 하지만 그래도 떨어지면
어쩌죠?"

"걱정하지 마. 떨어지면 내년에 다시 보면 되잖니."

"그럴 수는 없어요. 만약 길버트는 합격했는데, 저만
떨어지면⋯⋯."

앤은 걱정이 되었다. 만약 시험에 떨어지면 영원히 봄을
즐기지 못할 것 같은 생각이 들었다.

6월의 학기 말이 지나자 스테이시 선생님은 애본리를 떠났다.
그 날 저녁, 앤과 다이애나는 너무 많이 울어 눈이 빨갛게
되었다.

다이애나는 가문비나무 언덕에서 학교를 돌아보며 쓸쓸히
말했다.

"왠지 모든 것이 다 끝나 버린 것 같아."

"네 고통은 내 것의 반밖에 되지 않아. 나는 영원히 정든
학교에서 떠나야 하잖아? 운 좋게 시험에 합격한다면 말야."

"아! 앤, 나도 너랑 함께 퀸에 갈 수 있으면 좋을 텐데. 너는
지금부터 매일 밤을 새워 공부해야겠다."

"아니야. 선생님께서 이제 책은 보지 말라고 하셨어. 피곤해진
머리를 혼란시키기만 한다고. 시험에 대해서는 조금도
생각하지 말고 편히 쉬라고 말씀하셨어."

마침내 앤은 시험을 치르기 위해 도시로 향했다. 시험이 끝난
뒤, 앤은 다이애나에게 편지를 보냈다. 그 편지에는 시험을
치를 때의 일이라든가, 같이 간 친구들의 안부에 대해서
자세히 적혀 있었다.

앤이 시험을 치르고 돌아왔을 때 다이애나가 초록 지붕
집에서 기다리고 있었다.

"앤, 잘 왔어. 시험은 어땠니?"

"몇 개를 빼고는 아주 쉬웠어."

"다른 아이들은 어때?"

"모두 떨어질 거라고 말은 하지만 잘 본 것 같아. 그렇지만
결과가 발표될 때까지는 아무도 몰라. 그 때까지 2주일 동안은
초조한 기분으로 보내야 할 거야."

"괜찮아, 모두 붙을 거야. 안심해."

그러나 3주일이 지나도 결과는 발표되지 않았다.

앤은 창가에 앉아 장밋빛 노을이 물드는 풍경을 넋을 잃고
바라보고 있었다. 그리고 한 시간은 지났다고 생각되었을 때
다이애나가 방으로 뛰어들어왔다.

"앤, 합격이야! 일등을 했다고. 너도 길버트도 두 사람 모두.
동점이야. 그렇지만 네 이름이 먼저야. 아, 너무 기뻐!"

앤은 너무 기뻐 눈물만 글썽일 뿐 아무 말도 못 했다.

"앤, 난 합격자 명단을 보았을 때 미칠 것만 같았어. 스테이시
선생님이 얼마나 좋아하실까? 아, 앤, 기분이 어때? 내가
너였다면 기뻐서 미쳐 버렸을 거야. 그런데 넌 꼭 봄날
저녁처럼 조용하구나."

"속으로는 기뻐서 미칠 것 같아. 하고 싶은 말이 너무 많은데
무슨 말을 해야 할지 모르겠어. 다이애나, 빨리 매슈 아저씨께
말씀드려야 해."

둘은 건초밭에서 건초를 묶고 있는 매슈에게 달려갔다. 마침
오솔길이 갈라지는 곳에서 마릴라와 린드 부인이 이야기를
하고 있었다.

"아, 매슈 아저씨, 마릴라 아줌마. 제가 일등으로 합격했어요.

일등 중의 한 사람이에요. 저는 자신은 없었는데. 아줌마,

아저씨, 정말 고마워요."

앤이 외쳤다.

"그래, 내가 말했던 대로 됐구나. 네가 다른 아이들을 모두

거뜬하게 이길 거라고 말했잖니."

매슈도 기뻐하며 신문을 펼쳐 보았다.

"참 잘 했구나, 앤."

마릴라는 앤을 자랑하고 싶은 기분을 린드 부인이 눈치채지
않도록 점잖게 말했으나, 린드 부인은 오히려 훨씬 더
기뻐했다.

"앤, 정말 잘 했다. 너는 우리들 모두의 명예야. 네가
자랑스럽구나."

그 날 밤 앤은 달빛을 받으면서 진심으로 감사와 희망의
기도를 올렸다.

그 후 몇 주일이 지났다. 초록 지붕 집에서는 앤을 퀸 학교에
보낼 준비를 하느라 바빴다. 매슈는 앤에게 입힐 예쁜 옷들을
골라 주었다. 마릴라도 이번에는 매슈가 앤의 옷을 사 오는
것에 대해 아무런 말도 하지 않았다.

어느 날 저녁, 마릴라도 연한 초록색 옷감을 가지고 2층 앤의
방으로 올라왔다.

"네가 혹시 저녁 파티에라도 초대될지 몰라 야회복을 만들어
주려고 옷감을 가지고 왔다. 에밀리 길리스 아주머니가
바느질 솜씨가 좋으니 예쁜 옷을 만들어 달라고
부탁해야겠어. 이 색깔 마음에 드니?"

"아주머니, 너무 좋아요. 고마워요. 하지만 너무 잘 해 주시면
떠날 때 마음이 더 괴로울 거예요."

에밀리 아주머니가 만들어 준 야회복은 장식이 많았다. 앤은
그 옷을 입고 매슈와 마릴라 앞에서 소녀의 맹세를 암송했다.
마릴라는 지난 일들을 회상하며 눈물을 글썽였다.
빛이 바랜 낡은 옷을 입고 잔뜩 겁먹은 표정으로 서 있던 빨간
머리 소녀가 이토록 아름답게 성장한 걸 보니 눈물이 앞을
가렸다.
"아주머니, 왜 우시는 거예요?"
앤은 마릴라의 주름진 얼굴을 쳐다보며 다정하게 말했다.
"걱정하지 마세요. 저는 조금도 달라지지 않았어요. 언제나
변함없는 빨간 머리 앤이에요. 달라진 것이 있다면 몸이 조금
더 컸다는 것뿐이에요. 마음은 언제나 아주머니의 어린
앤이에요. 전 아주머니와 아저씨가 너무 좋아요. 그리고
헤어지면 날마다 보고 싶어 울 것 같아요."
매슈는 눈시울이 뜨거워져 슬며시 일어나 자리를 떴다.
그리고 뒤뜰 포플러나무 밑에 앉았다.
"가엾은 아이. 응석 한번 부리지 못하고……. 내가 조금 더
정을 줬더라면 좋았을 것을……. 스펜서 부인이 실수한 것은
우리에게 아주 고마운 일이었어."

열두 명의 남자 아이보다 소중한 여자아이

나무들이 물들기 시작한 9월의 어느 날, 마침내 앤이 퀸
학교로 떠나는 날이 왔다.

앤은 다이애나와 마릴라에게 아쉬운 작별 인사를 했다.
그리고 매슈와 함께 마차를 타고 떠났다.

앤이 떠나자, 다이애나는 너무 슬펐다. 마릴라도 슬프기는
마찬가지였다. 슬픈 마음을 달래려고 이런저런 일을 해
보았지만 소용이 없었다.

앤은 스테이시 선생님이 일러 준 대로 일 년의 수업 과정을
택하기로 했다. 그러면 이 년이 지나야 받을 수 있는 교사
자격을 일 년 후에 받을 수 있기 때문이다. 그렇지만 기간이

짧은 만큼 힘든 과정이었다.

앤은 새로운 교실에 들어가자 아는 친구들이 없어 쓸쓸했다.

그러나 한 사람, 길버트가 그 과정에 함께 있었다.

앤은 길버트와 함께 한 반에서 공부할 수 있게 된 것이

기뻤다. 길버트와 여전히 일등 자리를 두고 경쟁할 수 있었기

때문이었다.

그 날 저녁 혼자 방에 들어간 앤은 더욱더 쓸쓸했다. 앤은

거의 혼자였다. 다른 아이들은 모두 그 고장의 친척집에서

통학했기 때문이다. 그 때 조시가 들어왔다.

"앤, 너 울고 있구나. 고향 생각이 나서 그렇지?"

그러더니 무언가 생각이 난 듯 갑자기 말을 이었다.

"못 들었니? 퀸 학교에서도 장학금이 나온대. 장학금을

받으면 레드몬드 대학에서 공부도 할 수 있을 거야."

앤은 조시의 말에 눈을 번쩍 떴다.

'에브리 장학금! 레드몬드 대학!'

앤의 가슴은 울렁거리기 시작했다.

'열심히 공부해서 에브리 장학금을 받고 말 테야.'

앤은 쓸쓸한 마음을 가라앉히고 또 하나의

목표를 향해 열심히 공부하기로 다짐했다.

애본리의 학생들은 금요일이 되면 카모디까지 새로 개통된

철도를 이용해 고향으로 돌아갔다. 금요일이 돌아오자 앤도

그리운 초록 지붕 집으로 돌아갔다. 그럴 때면 늘 다이애나와

몇몇 사람들이 정거장까지 마중을 나와 주었다.

이른 가을 바람이 서늘하게 부는 애본리의 금요일 저녁은

앤에게는 가장 유쾌한 시간이었다.

시간이 흘러 크리스마스 휴가를 맞이했다. 앤과 애본리

학생들은 크리스마스 휴가가 끝나자 집으로 가는 것을

포기하고 공부에만 매달리기로 작정했다.

앤은 에브리 장학금을 받고 싶었으며, 길버트에게 지고 싶지

않아 열심히 공부했다. 그러나 아무도 그 사실을 몰랐다.

이윽고 봄이 왔다. 모두들 시험 공부에만 열중하였다. 그리고

드디어 시험이 시작되었다.

앤은 시험 시간이 닥쳐오자 갑자기 자신이 없어지는 듯

했으나, 그 동안 쌓은 실력을 모두 쏟기로 마음먹었다.

마침내 시험 성적이 발표되는 날, 앤은 제인과 함께 학교에

갔다. 이제 잠시 후면 누가 일등 메달을 타고, 누가 에브리
장학금을 받게 될지 결정되는 것이다.

"앤, 두 가지 중 하나는 네가 차지하게 될 테니 걱정하지 마."
제인은 앤의 실력을 알고 있었으므로 확신하는 말투로
말했다.

"아냐, 난 이번에는 자신이 없어. 제인, 난 게시판을 볼 용기가
없으니 네가 가서 봐 줘."
제인은 앤의 부탁을 받고 먼저 게시판이 있는 곳으로 갔다.
게시판 앞에서는 많은 아이들이 큰 소리로 입을 모아 외치고
있었다.

"길버트 만세! 메달 수상자 길버트 만세!"
앤은 너무나 실망했다.

바로 그 때였다. 누군가가 외치는 소리가 들렸다.

"앤 샬리 만세! 에브리 장학금 수상자 만세!"
"앤, 네가 에브리 장학금을 받게 되었대. 정말 축하해!"
제인은 감격하며 앤에게 달려와 포옹했다.

"정말 내가? 아아, 내 인생에서 가장 기쁜 날이야."
앤은 흥분해서 제인에게 떨리는 목소리로 말했다. 그리고
서둘러 여학생 대기실로 달려들어갔다. 거기에 모인 모든

학생들이 앤을 둘러싸며 축하해 주었다.

"아주머니, 아저씨께 빨리 알려드려야겠어. 얼마나
기뻐하실까!"

목소리는 너무나 흥분되어 떨리고 있었다.

앤은 퀸 학교에 가서도 열심히 공부했다. 길버트도 앤의 좋은
경쟁 상대로서 지지 않고 공부했다. 새 친구를 많이 사귄 것은
물론이었으며 나날이 희망에 부풀어올랐다.

어느덧 졸업할 때가 가까워졌다.

앤은 마음 속으로 바라던 에브리 장학금을 정말로 받았다.
장학금은 한 부자 실업가가 자신의 유산 일부를 기증해서
만든 것으로서 영어학과 영문학에서 가장 좋은 성적을 얻은
학생에게 주는 것이었다.

길버트도 아주 좋은 성적으로 금메달 수상자(수석 졸업자)가
되었다.

졸업식에는 매슈와 마릴라도 참석했다. 두 사람의 눈은
단상의 학생 중 오직 한 사람에게로만 향했다. 단정한 엷은
초록색 드레스를 입고 발그레한 뺨에 별처럼 눈을 반짝이는
키 큰 소녀, 가장 우수한 성적으로 뽑힌 논문을 읽는 앤을
바라보며 사람들은 그가 에브리 수상자라고 소곤거렸다.

"저 아이를 키우길 참 잘 했지, 마릴라?"

앤이 논문읽기를 끝내자 매슈가 식장에 들어오고 난 뒤

처음으로 입을 열었다.

"잘 했다고 생각한 것은 이번이 처음이 아니잖아요, 오빠."

마릴라는 미소지으며 핀잔을 주었다.

그 날 저녁, 앤은 매슈와 마릴라와 함께 애본리로 돌아왔다.

연분홍 사과꽃이 핀 과수원과 정다운 오솔길, 그 모든 것이

아주 새롭게 다가왔다.

앤은 행복한 듯이 한숨을 쉬고 나서 마중 나온 다이애나에게

말했다.

"다이애나, 그리던 집으로 돌아오게 되어 얼마나 기쁜지 몰라.

저 뾰족한 전나무와 흰 과수원과 그리운 '눈의 여왕' 을 보게

되었고, 게다가 너의 얼굴을 볼 수 있어서 얼마나 기쁜지

몰라."

"앤, 나는 네가 정말 자랑스러워. 그리고 멋져. 에브리

장학금을 탔으니, 이제 학교에서 힘든 선생님 노릇은 하지

않아도 되겠지?"

"응, 가을이면 레드몬드 대학에 갈 거야. 멋지지 않니?

아주머니와 아저씨도 돕고, 긴 휴가도 천천히 즐기고 말이야.

제인과 루비는 결국 선생님이 되어 아이들을 가르치기로
했대."

"그래, 길버트도. 그 애 아버지가 대학에 보낼 수 없다고 했기
때문에 선생님이 될 거래. 그리고 자신의 힘으로 대학에 갈
생각이래."

앤은 다이애나의 말을 듣고 왠지 섭섭했다. 좋은 경쟁 상대인
길버트도 레드몬드 대학에 갈 것이라고 생각하고 있었기
때문이다.

다음 날 아침 식사 때였다. 앤은 매슈가 몸이 아프다는 것을
알았다.

"마릴라 아줌마, 매슈 아저씨가 많이 편찮으세요?"

"그렇단다. 올 들어 심한 발작을 일으킨 후로 잘 낫지를
않는구나. 매슈의 몸이 안 좋아 걱정이구나. 아마 조금씩
좋아질 거다. 좋은 일꾼도 얻게 되었고, 너도 돌아왔으니
나아지겠지."

마릴라는 우울한 얼굴로 말했다.

앤은 두 손으로 그런 마릴라의 얼굴을 감싸며 말했다.

"아줌마도 건강이 좋지 않은 것 같아요. 그 동안 너무 일을
많이 해서 그래요. 이제부턴 제가 집안일을 거들 테니 편히

쉬세요."

앤의 말에 마릴라는 잔잔한 미소를 지으며 앤에게 설명했다.

"일을 많이 해서가 아니라, 머리가 아파서 그렇단다. 의사
선생님은 안경 때문이라고 하지만 아무리 안경을 바꿔도
좋아지지 않아. 6월 말에 유명한 안과 의사가 섬에 오니까 꼭
진단을 받으라고 하시더구나. 나도 이번엔 그렇게 할
작정이다. 어찌된 셈인지 책을 읽는 것도 바느질하는 것도
제대로 안 돼. 그리고 앤, 너 요즘 아베이 은행에 대해서 뭔가
들은 얘기가 있니?"

"도산할 것 같다고 들었는데, 왜 그러세요?"

"린드 부인도 그런 소문을 들었다고 말하더구나. 그 일로 해서
매슈가 매우 걱정하고 있단다. 우리 돈은 모두 그 은행에 들어
있거든."

앤은 그 날 친구들과 즐거운 시간을 보냈다.

사과 과수원과 개암나무 골짜기를 돌아다니고, 목사관에서
알렌 부인을 만나 많은 이야기를 나누었다.

그리고 저녁에는 매슈와 함께 뒤쪽 목장에서 말들을 데리고
집으로 돌아왔다.

매슈가 고개를 숙이고 느릿느릿 걸었기 때문에 앤도 천천히

매슈의 뒤를 쫓아 걸었다.

"오늘 너무 일을 많이 하신 것 같아요, 매슈 아저씨.
너무 무리하지 마세요. 적당히 하세요."

앤이 걱정스럽게 말했다.

"적당히 하게 되질 않는구나. 내가 자꾸 늙는다는

것이겠지. 쉬어야 한다는 것을 자꾸 잊어버리니 말이야.

게다가……. 아니다, 아마 나이 탓일 게다."

매슈는 마구간을 열고 말을 몰아넣으면서 무슨 말을 하려다

말았다.

"만약 제가 아저씨가 처음에 원하셨던 남자 아이였으면

아저씨를 아주 많이 도와 드릴 수 있었을 테고 그럼 조금

편하셨을 거예요. 그래서 제가 남자였으면 좋겠다는 생각을

많이 해요."

그러자 매슈는 앤의 손을 쓰다듬으며 말했다.

"나는 12명의 남자 아이보다 너 하나가 더 소중하단다.

알겠니? 12명의 남자 아이보다 네가 더 말이다. 에브리

장학금을 탄 것은 남자 아이가 아니라 여자 아이잖니? 그것도

나의 자랑스러운 딸 말이다."

매슈는 늘 그렇듯이 잔잔한 미소를 띠며 앤을 바라보다가

뒤쪽 정원으로 들어갔다.

앤은 그 날 밤 자신의 방 창가에 앉아 오랫동안 매슈에 대해서

생각했다. 그리고 이 평화롭고 조용한 밤의 아름다움에 빠져

시간 가는 줄을 몰랐다. 그 밤이 앤에게 커다란 슬픔이

찾아오기 전의 최후의 밤인 것을 알지 못했다.

죽음, 이별, 모퉁이

이튿날 새벽이었다. 마릴라가 아래층에서 다급한 목소리로
외쳤다.

"매슈, 매슈, 왜 그래요! 어디 아파요?"

날카로운 마릴라의 목소리에 정원에 있던 앤은 매슈가 신문을
손에 들고 문 앞에 서 있는 것을 보았다. 매슈의 얼굴은
심상치 않게 굳어진 잿빛이었다.

앤과 마릴라가 그에게 뛰어갔을 때는 이미 늦었다. 매슈가
그대로 바닥에 쓰러져 버린 것이었다.

"기절했어! 앤, 어서 마틴을 불러 와. 어서, 빨리!"

마릴라가 숨을 헐떡이며 말했다.

일꾼인 마틴은 매슈를 침대에 누이고 곧 의사를 부르러
떠났다. 가는 길에 발리 씨 집에 들러 이야기를 전했기
때문에, 발리 부부와 우연히 만난 린드 부인이 이어서
뛰어들어왔다.

린드 부인은 당황한 마릴라와 앤을 옆으로 부드럽게 밀쳐
놓고 매슈의 모습을 조사해 보더니 눈물을 머금은 채 말했다.

"마릴라, 이제 소용이 없어요."

"아줌마! 설마, 설마 매슈 아저씨가……."

앤은 새파랗게 질려서 더 이상 말을 할 수가 없었다.

"그렇단다, 앤. 이 얼굴을 보렴. 나는 이런 얼굴을 여러 번
보아 잘 안단다. 돌아가셨구나."

앤은 무릎을 꿇고 매슈의 조용한 얼굴을 들여다보았다. 그
곳에는 이미 하느님의 손길이 드리워져 있었다.

의사가 와서 매슈의 죽음은 갑작스럽게 왔기 때문에 전혀
고통을 느끼지 않았을 거라고 말했다.

충격의 원인은 매슈가 손에 들고 있던 신문에 들어 있었다.
아베이 은행의 파산 소식이 실려 있었던 것이다.

이 소식이 곧 애본리 마을 전체에 퍼지자 이웃 사람들이
찾아와 친절히 도와 주었다.

밤이 되었을 때 초록 지붕 집은 완전히 조용해졌다. 관에

넣어진 매슈는 자는 것처럼 엷은 미소를 띠고 있었다.

앤은 함께 있겠다는 다이애나를 돌려보내고 혼자 조용히 동쪽

방에 앉아 있었다. 그러자 매슈에 관한 많은 추억들이 떠올라

견딜 수 없이 괴로웠다.

매슈와 마구간 앞에서 나누었던 마지막 이야기가 되살아난

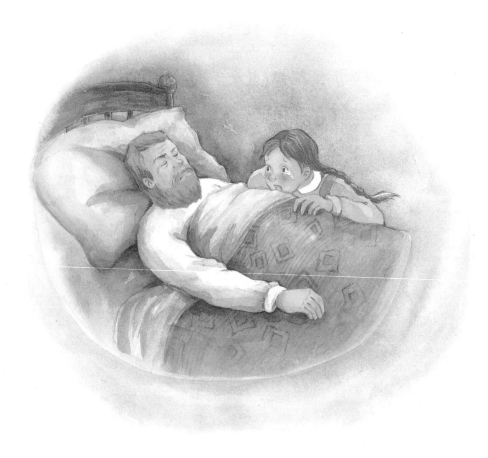

순간, 앤은 결국 또다시 울음을 터뜨리고 말았다. 울음소리를 들은 마릴라가 방에 들어와서 함께 울었고 둘은 끌어안고 서로를 위로했다.

이틀이 지난 후, 매슈는 자신이 평생 농사짓던 밭과 과수원을 지나 묘지로 옮겨졌다.

애본리는 차츰 평온을 되찾았고 초록 지붕 집에도 변함없이 시간은 흘러갔다. 그럴수록 늘 보고 익혔던 얼굴이 보이지 않는 것이 앤을 더없이 슬프게 했다.

때때로 자연의 아름다움으로 이전의 기쁨을 즐기고 다이애나의 유쾌한 말에 잠시 웃음을 되찾긴 했지만, 앤은 매슈 아저씨를 떠올릴 때마다 가슴이 아팠다.

어느 날 목사 사택 뜰에서 앤은 알렌 부인에게 자신의 기분을 말했다. 알렌 부인은 매슈가 이 곳에 있으면 앤이 웃고 즐기는 것을 더 좋아했을 거라며 즐겁게 지내라고 말했다.

"오늘 오후에 매슈 아저씨 무덤에 장미를 심고 왔어요. 아저씨는 장미를 좋아하셨거든요. 알렌 부인, 이제는 집에 돌아가야 해요. 마릴라 아주머니가 혼자 계시면 저녁에는 쓸쓸해하시니까요."

"네가 학교에 돌아가면 마릴라 아주머니는 더욱 쓸쓸해질

게야."

알렌 부인은 말했다.

앤은 다른 말은 하지 않고 그저 잘 주무시라는 인사만 남긴 채 천천히 집으로 돌아왔다. 마릴라는 입구 돌계단 위에 앉아 있었다. 앤은 곁에 나란히 앉았다.

"앤, 유명한 안과 선생님이 우리 마을에 오셨다는구나. 그 의사가 내 눈에 맞는 안경을 해 주면 얼마나 고맙겠니? 다녀오는 동안 혼자 집을 지켜야겠는데 괜찮겠니?"

"괜찮아요. 다이애나가 와 줄 거예요. 집을 말끔히 치워 놓을 테니 안심하시고 다녀오세요."

그런 다음 두 사람은 길버트에 관한 소문을 이야기했다.

"길버트가 선생님이 된다던데 정말이냐?"

"그래요."

앤은 별로 관심 없는 듯 심드렁하게 대답했다.

"참 훌륭한 청년이 되었나 보더구나……."

마릴라는 말끝을 흐렸다.

"지난 주일에 교회에서 봤는데 키가 상당히 크고 남자답더구나. 그 애 아버지가 젊었을 때와 똑같았어. 존 블라이스는 좋은 사람이었지. 우리는 퍽 다정한 사이였단다.

존과 나 말이다. 우리는 애인 사이라는 말도 들었단다."

앤은 흥미를 느끼고 귀를 기울였다.

"어머나, 마릴라 아줌마, 그래서 어떻게 됐어요? 어떻게 해서
헤어지게 되었지요?"

"우리는 작은 일로 다퉜어. 존이 사과를 했는데 내가 용서하지
않았지. 사실은 용서해 주려고 했지만……. 나는 화가 나서
부어 있었으니까. 우선 존에게 벌을 주고 두고 보려고
생각했어. 그러나 존은 돌아오지 않더구나……. 블라이스 집
사람들은 모두 자존심이 강했어. 그래서 나는 언제나
이렇게…… 후회를 하고 있단다. 그 때 용서했으면 좋았을
텐데……, 라고."

"아아, 마릴라 아줌마한테도 로맨스가 있었군요!"

앤은 상냥하게 웃으며 말했다.

"그래, 네가 그렇게 말할 줄 알았지. 내게는 그런 낭만적인
일이 없었을 거라고 생각했을지 모르지만 사람은
겉모양으로는 모르는 법이야. 사람들은 나와 존과의 일을
모두 잊고 있지. 나 자신도 잊고 있었으니까……. 그런데 지난
일요일 길버트를 봤을 때 지나간 일들이 모두 생각나더구나."

다음 날, 읍에 나갔던 마릴라는 무엇으로도 위로받을 수 없을

정도로 놀라고 말았다. 안과 전문의가 앞으로 독서와
바느질을 그만두지 않으면 눈이 영영 멀게 될 거라고
선언했기 때문이다.

앤은 너무 놀라 아무 말도 할 수 없었다. 저녁을 마치고 앤은
마릴라에게 쉬라고 권하고는 동쪽 방에 올라가 창가에
앉았다.

저녁 어둠 이외에는 아무도 앤의 눈물과 무거운 마음을 알지
못했다. 집에 돌아온 다음 날 밤과 지금은 얼마나 큰 변화가
있는지!

집으로 돌아온 첫날 밤은 희망과 기쁨으로 넘쳐흐르고 미래는
장밋빛으로 빛났었다. 그러나 매슈가 세상을 떠난 지금은 그
때부터 몇 년이나 지난 것같이 여겨졌다.

그러나 앤이 마음을 굳히고 침대에 들어갈 즈음에는 입가에
미소가 떠오르고 마음은 더없이 평화로웠다.

앤은 앞으로 자기가 어떻게 해야 할 것인지를 깨달았다. 어떤
어려움도 피하지 않고 받아들이고, 이 모든 것을 살아가는
동안의 기쁨으로 삼을 것을 결심했다.

마릴라가 읍에 나간 뒤, 며칠 후에 집을 팔고 사는 일을 하는
사람이 초록 지붕 집을 찾아왔다. 마릴라가 집을 팔려고

내놓았던 것이다.

"절대로 초록 지붕 집을 팔아서는 안 돼요."

"아, 나도 팔지 않고 지냈으면 하고 몇 번이나 생각했지만 나 혼자서는 쓸쓸해서 미쳐 버릴 게야. 나 혼자서는 지내기 힘들 것 같구나."

"혼자 계실 리 없어요. 마릴라 아줌마, 제가 있잖아요. 저는 레드먼드에 가지 않아요."

앤은 눈이 나쁜 마릴라를 혼자 두고 대학에 갈 수 없다고 생각했다.

"레드먼드에 가지 않겠다고?"

마릴라는 깜짝 놀라며 얼굴을 들었다.

"저어……, 저는 장학금을 받지 않기로 했어요. 어떻게 아주머니를 혼자 있게 할 수 있어요? 저를 위해 얼마나 애쓰셨는데요. 저는 이미 여러 가지 계획을 세웠어요. 밭은 발리 씨가 빌리겠다니까 문제 없고, 저는 선생님이 되겠어요. 여기 학교에 신청을 했는데 벌써 길버트로 결정이 났대요. 그러나 카모디 학교라면 자리가 있어요. 그렇게 하면 전 언제까지라도 아주머니와 같이 있게 되고, 함께 즐겁게 지낼 수 있어요."

마릴라는 꿈을 꾸는 듯한 얼굴로 듣고 있다가 말했다.

"그건 안 된다. 나 때문에 네가 희생되다니……."

"천만에요. 조금도 희생이 아니에요. 지금과 같이 공부는 계속
하는 것이고, 하여튼 소중한 초록 지붕 집은 지켜야 해요.
마릴라 아주머니, 저는 좋은 선생님이 될 거예요. 퀸을 나올
때 나의 미래는 곧게 뻗은 탄탄대로처럼 생각되었어요.
언제나 앞이 훤히 내다보이는 기분이었어요. 하지만 지금은
모퉁이에 다다라 있어요. 모퉁이를 돌았을 때 과연 무엇이
앞에 있을지는 모르겠어요. 그러나 좋은 것임에는
틀림없어요. 정말이에요. 제게는 늘 멋진 일만 기다리게 돼
있어요."

마릴라는 새로 태어난 듯한 기쁨이 솟았다.

앤이 대학에 가는 것을 그만두고 학교에서 학생들을 가르칠
것이라는 소문은 곧 온 마을에 퍼졌다.

어느 날 저녁, 린드 부인이 찾아왔다. 부인은 길버트가 그것을
듣고 애본리 학교를 그만두고 화이트샌드 학교로 옮기는
수속을 이미 마쳤다고 알려 주었다.

며칠 뒤 저녁, 앤은 매슈의 무덤에 심은 장미에 물을 주고
오는 길에 키가 큰 젊은 남자와 마주쳤다. 길버트였다.

길버트는 앤을 보자 휘파람을 멈추고 공손히 모자를 벗고
인사를 하고 난 후에 말없이 지나가려고 했다. 앤은 걸음을
멈추고 손을 내밀었다.

"길버트."

앤의 뺨이 붉어졌다.

"저를 위해 학교를 양보해 주셔서 정말 고마워요. 저는 정말
기뻐요……. 그리고 이것을 당신에게 알리고 싶었어요."

길버트는 앤이 내민 손을 꼭 쥐었다.

"아니 별로 큰 일이 아닙니다. 조금이라도 도움이 되었다면
정말 기쁘게 생각해요. 지금부터는 친구가 되는 것이
어떻겠습니까? 저의 옛날 일을 용서해 주시겠습니까?"

앤은 웃으면서 손을 빼려고 했으나 헛일이었다.

"지난날 호숫가에서의 일은…… 저 자신도 모르겠어요. 저는
제가 얼마나 고집스런 바보였는지 잘 알아요. 제가 제 마음을
털어놓고 얘기했다면……. 그 때부터 줄곧 후회하고
있었어요."

"우리는 이미 좋은 사이가 된걸요! 앤, 우리의 운명은 거역할
수가 없을 거예요. 이젠 서로서로 돕고 지내요. 앤, 공부는
계속 할 거지요? 나도 그래요. 자아, 집까지 바래다

드리지요."

부엌에 들어오는 앤을 마릴라는 낯선 듯이 쳐다보았다.

"오솔길을 같이 온 사람은 누구였니, 앤?"

길버트라고 대답한 앤은 자기도 모르게 얼굴이 붉어졌다.

"길버트와 문간에서 30분이나 서서 얘기를 하는 사이인 줄은
몰랐구나."

마릴라는 놀리듯이 미소지었다.

"우리들은 지금까지는 경쟁자였어요. 그렇지만 이제부터는
좋은 친구가 되는 것이 더 좋겠다는 것을 깨달았어요. 정말
30분이나 되었나요? 전 겨우 5분쯤으로 생각했는데요.
그러나 우리는 5년간이나 모른 체 지낸걸요, 마릴라
아주머니."

앤은 그 날 밤 무척이나 행복한 기분에 싸였다.

바람이 산들산들 불고 박하 향기가 날아들었다. 별은 전나무
위에서 반짝이고 나무 사이로 언뜻언뜻 보이는 다이애나 집
문의 불빛이 반짝이고 있었다.

앤의 평행선은 퀸에서 돌아온 밤부터 바짝 좁아졌다. 그러나
좁아졌다 하더라도 앤은 조용하고 행복한 꽃이 그 길에
피리라는 것을 알았다.

진지한 일과 큰 희망과 따뜻한 애정은 앤의 차지였다. 어떤 것도 앤이 태어날 때부터 가지고 있는 공상과 꿈나라를 뺏을 수는 없었다.

걸어가는 길에는 언제든지 모퉁이가 나타나는 법이다.

"하느님은 하늘을 다스리고, 지상은 태평하도다."

앤은 영국 시인 브라우닝의 말을 부드럽고도 낮은 목소리로 되뇌었다. ❀

● 이해 능력 Level Up!

1. 초록 지붕 집에서 사는 매슈와 마릴라는 어떤 사이였나요?

    1) 부부 사이   2) 남매 사이   3) 친구 사이

    4) 친척 사이   5) 이웃 사이

2. 다음 보기 글을 읽고, 매슈가 앤을 처음 본 모습으로 맞는 것을 찾아보세요.

> 소녀의 나이는 열한 살 정도였고, 작고 말랐으며 얼굴에는 주근깨가 많았다. 무명과 털실로 짠 옷은 작고 낡아서 답답해 보였고, 색바랜 모자 밑으로는 붉은 머리카락이 양 갈래로 땋아져 있었다.

    1) 뚱뚱하고 머리가 길었다.

    2) 빼빼 마른데다 주근깨투성이였다.

    3) 빨간 머리에 얼굴이 고왔다.

    4) 키가 크고 우락부락하게 생겼다.

    5) 얼굴이 희고 노란 머리카락을 가졌다.

3. 여러분이 생각하기에 앤은 어떤 아이 같은가요?

    1) 태평한 아이 같다.

    2) 이랬다 저랬다 변덕맞은 아이 같다.

    3) 상상력이 풍부한 아이 같다.

    4) 잠이 많은 아이 같다.

    5) 말썽꾸러기에 천방지축 아이 같다.

4. 앤을 낳은 친부모는 어떻게 되었다고 했나요?

    1) 어디로 갔는지 모른다.

    2) 두 분 다 돌아가셨다.

    3) 이혼해서 헤어졌다.

    4) 시골에 살고 있다.

    5) 다른 나라에 살고 있다.

5. 다음 글을 읽고, 마릴라가 앤을 블루엣 부인의 집으로 보내려고
   했다가 생각을 바꾼 이유를 찾아보세요.

> 그러나 마릴라는 신의 뜻에 동의하고 싶지 않았다. 블루엣 부인과는
> 얼굴만 아는 정도지만, 깡마른데다 잔소리가 심한 여자였다. 소문에
> 의하면 무섭게 일만 하는 사람이라고 했다. 그 집에서 일하다 나온 사
> 람들 말로는 부인은 화를 잘 내며 그 집 아이들은 제멋대로라서 견뎌
> 낼 사람이 없을 거라고 했다.

    1) 보내기가 아까워서   2) 앤이 울며 졸라 대서

    3) 블루엣 부인이 앤을 마구 부릴 것 같아 좀더 생각해 보려고

4) 매슈에게 비난을 받을 것 같아서

5) 집에 데리고 있으면서 궂은일을 시키려고

6. 아래의 글로 보아 린드 부인은 어떤 사람으로 여겨지나요?

시냇물조차도 린드 부인의 집 앞에서는 예의를 지켜야 한다는 것을 아는 모양이다.
왜냐하면 린드 부인은 창가에 앉아 시냇물에서부터 어린아이들에 이르기까지, 눈에 보이는 모든 일에 참견을 하고 싶어하기 때문이었다.
조금이라도 이상한 점을 발견하면 그 이유를 반드시 알아야 했다.

1) 남에게 참견하기를 좋아하지만 적극적인 성격을 지닌 사람

2) 거짓말을 곧잘 하며 남을 속이는 사람

3) 참을성이 없는 사람

4) 겸손하고 얌전한 사람

5) 경망스럽고 실수를 잘 하는 사람

7. 매슈는 어떤 사람인가요?

1) 겉은 무뚝뚝하지만 마음이 따뜻하고 정이 넘치는 사람

2) 사납고 자신만 위하려는 사람

3) 게으르며 할 일이 없는 사람

4) 여자들 일에 참견하기 좋아하는 사람

5) 욕심이 많은 사람

8. 마릴라는 어떤 성격이라고 생각되나요?

1) 괴팍하며 사나운 성격

2) 남의 일에 참견하기를 좋아하는 성격

3) 검소하고 생각이 깊은 성격

4) 놀기 좋아하고 호들갑스러운 성격

5) 다른 사람을 흉보기 좋아하는 성격

9. 다이애나의 동생인 미니메이는 어떤 병에 걸려 고생했나요? 괄호 안에 들어갈 말을 본문에서 찾아보세요.

"걱정 마. ( )이라면 어떻게 해야 하는지 내가 잘 알아. 해먼드 씨네 세 쌍둥이가 모두 ( )에 걸렸었거든. 자, 가자."
둘은 손을 잡고 얼어붙은 들판을 가로질러 달려갔다. 세 살배기인 미니 메이의 상태가 매우 나쁘다는 것은 한눈에 알 수 있었다.

1) 눈병   2) 배탈   3) 후두염
4) 관절염   5) 독감

10. 린드 부인은 앤에게 지금은 빨간 머리지만 어른이 되면 어떻게 된다고 말했나요?

1) 길러서 묶으면 예쁠 것

2) 다른 빛깔로 바뀔 수도 있을 것

3) 까만 머리카락으로 바뀌게 될 것

4) 굽슬굽슬거리고 아름다워질 것

5) 전혀 변하지 않을 것

11. 다정하게 지낼 수 없었던 앤과 다이애나는 어떤 일을 계기로 다시 친하게 지낼 수 있게 되었나요?

    1) 앤이 위급한 병에 걸린 다이애나의 동생 미니 메이의 목숨을 구해 주었기 때문에

    2) 자신의 잘못을 인정한 앤이 다이애나의 엄마를 찾아가 무릎 꿇고 사과하여

    3) 다이애나가 사과 편지를 보내서

    4) 시간이 지나자 저절로 다시 친해지게 되었음

    5) 마릴라 부인이 다이애나의 엄마에게 사과해서

12. 매슈 아저씨가 앤에게 입힐 새 옷을 린드 부인에게 부탁한 이유는 무얼까요?

그러나 마릴라에게 이야기해서는 안 되었다. 트집을 잡을 게 틀림없었다. 그런 마릴라말고 애본리에서 매슈가 이야기할 수 있는 여자는 린드 부인뿐이었다. 매슈는 용기를 내어 린드 부인을 찾아갔다. 인자한 린드 부인은 고민에 빠진 매슈의 짐을 당장에 덜어 주었다.

    1) 마릴라에게는 당분간 비밀로 하고 싶어서

    2) 지갑에 마침 돈이 없어서

    3) 린드 부인의 조카가 옷 만드는 곳에서 일을 해서

4) 앤이 그렇게 해 달라고 부탁해서

5) 린드 부인 남편이 옷을 잘 만들어서

13. 마음 속으로 존경하는 알렌 목사 부인을 위해 앤이 만든 수프는
   무엇이 잘못되었나요?

   1) 너무 오래 불에 올려놓아 태우고 말았다.

   2) 향료를 넣는다는 것을 실수로 약품을 넣었다.

   3) 물을 덜 넣어 딱딱하게 되었다.

   4) 소금을 넣어 먹을 수 없이 짠맛이 났다.

   5) 밀가루 반죽이 부풀어오르지 않았다.

14. 초록 지붕 집 아저씨 매슈는 앤을 데려와 키우게 된 기쁨을 어떻
   게 표현했나요?

   1) 하느님의 축복이다.

   2) 우리 기도를 하느님께서 들어 주셨다.

   3) 네가 없었더라면 우리는 살지 못했을 것이다.

   4) 사내아이 열두 명보다 너 하나가 더 소중하구나!

   5) 네가 우리 곁에 있어 줘서 얼마나 고마운지 모른다.

15. 매슈 아저씨는 큰 충격을 받아 세상을 떠나는데, 그 까닭은 무엇
   인가요?

   1) 앤이 교통 사고로 다리를 자르게 된 충격

   2) 마릴라가 앤을 사랑하지 않는다는 것을 알고 놀라서

   3) 전 재산을 예금해 놓은 은행이 망한 충격

   4) 앤이 장학생으로 뽑혀 너무 기쁜 나머지

5) 친한 사람한테 사기를 당해서

16. 아래 글은 앤의 진로에 대한 부분입니다. 앤은 무슨 이유로 레드몬드 대학에 가는 것을 포기하고 학교 선생님이 되기로 한 걸까요?

> "저어……, 저는 장학금을 받지 않기로 했어요. 어떻게 아주머니를 혼자 있게 할 수 있어요? 저를 위해 얼마나 애쓰셨는데요. 저는 이미 여러 가지 계획을 세웠어요. 밭은 발리 씨가 빌리겠다니까 문제 없고, 저는 선생님이 되겠어요. 여기 학교에 신청을 했는데 벌써 길버트로 결정이 났대요. 그러나 카모디 학교라면 자리가 있어요. 그렇게 하면 전 언제까지라도 아주머니와 같이 있게 되고, 함께 즐겁게 지낼 수 있어요."

1) 학비를 낼 수 없어서
2) 늙고 병든 마릴라 아주머니를 지켜 드리려고
3) 길버트와 결혼하려고
4) 다이애나가 가지 말라고 부탁해서
5) 전부터 아이들을 가르치는 일을 하고 싶었기 때문에

● 논리 능력 Level Up!

1. 매슈와 마릴라는 남자 아이와 여자 아이 중 어떤 아이를 데려다
   키우기를 원했나요? 다음 글에서 그런 아이를 키우고 싶어하는
   이유를 찾아보세요.

"매슈 오빠 나이가 예순이 넘어 일하기가 쉽
지 않고 심장병까지 앓고 있어서요. 그런데
마침 지난 주에 스펜서 부인이 아이를 데리러
간다는 얘기를 듣고, 우리도 열 살쯤 된 사내
아이를 데려다 달라고 부탁했어요. 그 나이
또래면 쉬운 일 정도는 할 수 있으니까요. 우
리는 그 아이를 친자식처럼 키우고 학교에도
보낼 생각이에요. 오늘 오후 5시 30분 차로 온다고 연락이 와서 오빠가
마중을 나간 거랍니다."

2. 앤이 자신의 용모 중에서 가장 속상해하는 부분은 무엇인가요?

3. 다음 글을 읽고 물음에 답하세요. 앤이 다이애나를 초록 지붕 집
   으로 초대해 먹인 딸기 주스는 사실은 무엇이었나요?

마릴라는 거실로 가 찬장을 열었다. 찬장 안에
들어 있는 것은 딸기 주스가 아니라 마릴라가
3년 동안 저장해 둔 포도주였다.
그제야 마릴라는 딸기 주스 병은 지하실에 있다
는 것을 생각해 냈다. 마릴라는 터져 나오는 웃
음을 겨우 참으며 앤에게 돌아왔다.

4. 앤이 살고 있는 마을 이름은 무엇인가요?

5. 매슈와 마릴라는 아이를 길러 본 적이 있는 사람들인가요?

6. 앤은 고아원에 있기 전에는 아이들을 돌보았다고 했는데, 몇 쌍 둥이를 돌본 경험이 있나요?

7. 길버트는 앤의 빨간 머리를 뭐라고 놀렸나요? 다음 글을 읽고 괄 호 안에 들어갈 말을 본문에서 찾아 써 보세요.

> 길버트는 여자 아이들의 시선을 끄는 데 실패한 적이 거의 없었다. 그런데 아무리 기다려도 앤이 자기를 쳐다보지 않자 의자 통로 너머로 손을 뻗쳐서 앤의 머리를 잡아당기며 이렇게 외쳤다.
> "(   )! (   )!"
> 앤은 깜짝 놀라 옆을 돌아보았다. 그리고 길버트가 저를 놀리는 것을 알고는 몹시 화가 났다.

8. 포도주 사건에 대해 마릴라가 사과하자, 다이애나 어머니의 반응
   은 어떠했나요?

9. 학교에서 앤과 일등을 다툰 아이는 누구였나요?

10. 앤이 미니 메이를 잘 간호할 수 있었던 이유는 무얼까요?

● 논술 능력 Level Up!

1. 마릴라가 앤을 돌려보내지 않고 키우기로 한 데에는 몇 가지 이유
   가 있습니다. 한 가지씩 정리해 보세요.

집에 도착한 매슈가 문을 열자, 마릴라가
다급한 걸음걸이로 뛰어나왔다.
"매슈, 저 아이는 누구예요?"
보기 흉할 만큼 몸에 꼭 끼는 옷을 입고,
눈동자를 반짝반짝 빛내면서, 빨간 머리카
락을 뒤로 늘어뜨린 이상한 여자 아이를 발견한 마릴라가 놀란 목소리로
물었다.
"데리고 오기로 한 사내아이는 어디 있냐고요?"
"사내아이는 없고 이 아이뿐이었어."

2. 린드 부인은 무엇 때문에 앤을 예의 없는 아이라고 생각했나요?
   차분하게 생각한 다음 정리해 보세요.

린드 부인은 앤의 우스꽝스러운 모습을 보자 입부
터 크게 벌렸다. 고아원에서 입고 온 짧은 스커트
밑으로는 가느다란 다리가 멋없이 드러나 있었
고, 주근깨는 여느 때보다 많아 보였다. 거기다
가 빨간 머리가 잔뜩 헝클어져 대단히 볼품 없는
모습이었다. 앤의 모습을 본 린드 부인은 자신의
생각을 거침없이 말했다.

"아이구, 애가 말라깽이인데다 못생기기까지 했군. 아
니, 주근깨는 왜 저렇게 많아? 게다가 머리카락은 홍당무처럼 빨갛잖아."

3. 앤은 무엇 때문에 없어진 마릴라 아주머니의 브로치를 자신이 훔쳤다고 거짓 자백을 했나요?

앤은 곧 외우기나 한 것처럼 높낮이가 없이 말을 시작했다.

"아주머니, 저는 보라색 수정 브로치를 훔쳤습니다. 방에 들어갔을 때는 훔칠 생각은 없었습니다. 그런데 가슴에 달아 보니 너무 아름다웠기 때문에 억누를 수 없는 유혹에 빠졌습니다. 다이애나와 저는 장미꽃으로 브로치를 만들어 달고 다니지만 그런 것과는 비교도 할 수 없을 만큼 멋졌습니다. 그래서 브로치를 훔쳤어요. 저는 아줌마가 돌아오시기 전에 브로치를 제자리에 갖다 놓으려고 생각했습니다. 그런데 너무 신난 나머지, 브로치를 달고 여기저기 다니다가 '눈부신 호수' 다리 위까지 갔어요. 그리고 거기서 다시 한 번 잘 보려고 브로치를 떼었어요. 브로치는 햇빛을 받아 반짝반짝 빛났습니다. 그런데 그만 브로치를 떨어뜨리고 말았어요. 브로치는 보라색 빛을 반짝이면서 영원히 호수 밑으로 가라앉아 버리고 말았어요."

4. 앤과 길버트는 사이가 좋지 않습니다. 그 까닭은 무엇인가요? 그리고 시간이 흐르면서 두 사람은 서로에게 어떤 느낌을 갖게 되나요? 두 사람의 감정 변화를 정리해 보세요.

> "오늘은 길버트 블라이스가 학교에 올 거야. 여름 동안 사촌 집에 가 있었는데 지난 토요일 밤에 돌아왔대. 그 아이는 멋진 아이야. 그런데 그 애는 여자 아이들을 심하게 놀린단다. 겨우 목숨을 잃지 않을 정도로 말이야."
> 교실에 들어가자 수업이 시작되었다.
> 필립스 선생님이 뒤쪽 의자에서 프리시가 라틴 어 읽는 소리를 듣고 있을 때 다이애나가 앤에게 속삭였다.
> "네 자리에서 건너편 같은 줄에 앉아 있는 애가 길버트 블라이스야. 잠깐만 쳐다봐. 정말 멋지지 않니?"
> 앤은 그 쪽으로 눈을 돌렸다.

5. 알렌 부인은 어떤 사람인가요? 앤이 만든 케이크 사건을 중심으로 정리해 보세요.

"아, 이것은 조금만이라도 맛을 보셔야 해요. 앤이 특별히 알렌 사모님을 위해서 만든 것이니까요."
"그렇다면 꼭 맛을 보아야겠군요."
알렌 부인은 살짝 미소지으면서 보드랍게 부푼 삼각형 모양의 케이크를 집었다.
알렌 부인은 케이크를 한 입 넣는 순간 뭐라고 말할 수 없는 묘한 표정을 지었다. 그렇지만 아무 말 하지 않고 계속 먹었다.

6. 앤이 퀸 학교에 입학을 하게 되자 마릴라 아주머니는 눈물을 흘립니다. 왜 그랬을까요?

> "앤, 합격이야! 일등을 했다고. 너도 길버트도 두 사람 모두. 동점이야. 그렇지만 네 이름이 먼저야. 아, 너무 기뻐!"
> 앤은 너무 기뻐 눈물만 글썽일 뿐 아무 말도 못 했다.
> "앤, 난 합격자 명단을 보았을 때 미칠 것만 같았어. 스테이시 선생님이 얼마나 좋아하실까? 아, 앤, 기분이 어때? 내가 너였다면 기뻐서 미쳐 버렸을 거야. 그런데 넌 꼭 봄날 저녁처럼 조용하구나."
> "속으로는 기뻐서 미칠 것 같아. 하고 싶은 말이 너무 많은데 무슨 말을 해야 할지 모르겠어. 다이애나, 빨리 매슈 아저씨께 말씀드려야 해."

7. 매슈 아저씨는 숨을 거두면서도 입가에 미소를 머금고 있었습니다. 그 이유를 상상해서 써 보세요.

일꾼인 마틴은 매슈를 침대에 누이고 곧 의사를 부르러 떠났다. 가는 길에 발리 씨 집에 들러 이야기를 전했기 때문에, 발리 부부와 우연히 만난 린드 부인이 이어서 뛰어들어왔다.
린드 부인은 당황한 마릴라와 앤을 옆으로 부드럽게 밀쳐 놓고 매슈의 모습을 조사해 보더니 눈물을 머금은 채 말했다.
"마릴라, 이제 소용이 없어요."
"아줌마! 설마, 설마 매슈 아저씨가……."
앤은 새파랗게 질려서 더 이상 말을 할 수가 없었다.

8. 매슈 아저씨에게 앤은 어떤 아이였나요? 아저씨의 입장이 되어
   정리해 보세요.

> "만약 제가 아저씨가 처음에 원하셨던 남자 아이였으면 아저씨를 아주
> 많이 도와 드릴 수 있었을 테고 그럼 조금 편하셨을 거예요. 그래서 제
> 가 남자였으면 좋겠다는 생각을 많이 해요."
> 그러자 매슈는 앤의 손을 쓰다듬으며 말했다.
> "나는 12명의 남자 아이보다 너 하나가 더 소중하단다. 알겠니? 12명의
> 남자 아이보다 네가 더 말이다. 에브리 장학금을 탄 것은 남자 아이가
> 아니라 여자 아이잖니? 그것도 나의 자랑스러운 딸 말이다."

9. 앤은 대학교 진학을 포기하고, 애본리로 돌아와 선생님이 되기로
   결심합니다. 그 까닭을 정리해 보세요.

"천만에요. 조금도 희생이 아니에요. 지금과 같이 공
부는 계속 하는 것이고, 하여튼 소중한 초록 지붕
집은 지켜야 해요. 마릴라 아주머니, 저는 좋은
선생님이 될 거예요. 퀸을 나올 때 나의 미래는
곧게 뻗은 탄탄대로처럼 생각되었어요. 언제나
앞이 훤히 내다보이는 기분이었어요. 하지만 지
금은 모퉁이에 다다라 있어요. 모퉁이를 돌았을 때
과연 무엇이 앞에 있을지는 모르겠어요. 그러나 좋은 것
임에는 틀림없어요. 정말이에요. 제게는 늘 멋진 일만 기다리게 돼 있어요."
마릴라는 새로 태어난 듯한 기쁨이 솟았다.

풀이

이해 능력 Level Up!

1. 2	2. 2	3. 3	4. 2	5. 3
6. 1	7. 3	8. 1	9. 3	10. 2
11. 1	12. 1	13. 12	14. 4	15. 3
16. 2				

논리 능력 Level Up!

1. 예시 : 매슈는 나이가 들면서 몸이 자꾸만 약해졌다. 그래서 농사일이 버거울 수밖에 없었다. 그런 까닭에 그들 남매는 매슈의 밭일을 도울 수 있는 사내아이를 데려오고 싶어했다.

2. 예시 : 앤은 바싹 마른 몸매에 주근깨투성이였다. 게다가 얼굴도 예쁘지 않았으며 빨간색 머리카락이었다. 그 중에서도 앤은 자신의 볼품없는 빨간색 머리카락이 가장 속상했다.

3. 예시 : 마릴라는 외출을 하면서 다이애나와 함께 딸기 주스를 마셔도 좋다고 허락한다. 그런데 마릴라가 알려 준 병 속에는 딸기 주스가 들어 있지 않았다. 3년 동안 저장해 둔 포도주가 담겨 있었던 것이다. 그래서 다이애나는 포도주를 세 잔이나

마셨고, 결국은 취해 집으로 돌아가게 되었다. 그 결과 다이애나의 엄마는 두 사람이 친하게 지내지 못하도록 하는 결정을 내리게 되었다.

4. 예시 : 애본리라는 이름의 마을로, 규모는 작지만 풍경이 매우 아름다운 고장이다. 또한 그 마을에는 남의 일에 상관하기 좋아하는 사람, 내성적인 성격 때문에 남들과 대화를 잘 나누지 않는 사람, 심성이 고약한 사람, 착한 사람, 평범한 이웃 등 독특한 개성을 가진 사람들이 다양하게 모여 살고 있다.

5. 예시 : 오빠인 매슈는 지나치게 내성적인 사람이다. 그래서 사람들과의 관계, 특히 여성들과의 관계가 원만하지 못하다. 동생 마릴라 또한 젊은 시절의 아름다운 추억을 간직하며 사는 사람이다. 결국 두 남매는 모두 결혼을 하지 않았고, 따라서 그들은 아직껏 아이를 길러 보거나 함께 살아 본 적이 없었다.

6. 예시 : 부모를 잃은 앤은 고아원으로 들어가기 전에 여러 집들을 옮겨 다니는 불쌍한 아이가 된다. 그런 와중에 앤은 해이먼드 씨 댁에서 세 쌍둥이를 돌보는 경험도 한다.

7. 예시 : 길버트는 공부를 잘하기 때문에 여자아이들에게 인기가

많은 학생이다. 그런데 새로 들어온 앤이 자신에게 전혀 관심을 보이지 않자 은근히 심통이 난다. 그래서 길버트는 많은 아이들 앞에서 앤의 머리카락을 보며 홍당무라고 놀렸다.

8. 예시 : 다이애나의 엄마는 앤이 실수로 포도주를 마시게 한 것이 아니라 일부러 그렇게 했다고 생각했다. 그래서 마릴라까지 방문해 사과를 했지만 변명이라고 생각하고 받아들이지 않는다.

9. 예시 : 앤과 신경전을 벌이고 있는 길버트 블라이스이다. 마음속으로는 서로를 충분히 인정하고 있으면서도, 두 사람은 사이가 그다지 좋지 않다. 하지만 학교를 졸업하고 나서는 친구가 되기로 약속한다.

10. 예시 : 앤은 고아였기 때문에 매우 어린 시절부터 다른 사람들의 아이를 돌보았다. 그런데 앤이 다이애나의 동생 미니메이를 잘 간호할 수 있었던 이유는 후두염에 걸려 고생하고 있는 해먼드 씨네 세 쌍둥이를 보살핀 적이 있기 때문이었다. 그래서 앤은 후두염 때문에 위급한 상황이 되면 어떻게 해야하는지를 알고 있었다.

논술 능력 Level Up!
1. 예시 : 첫 번째 이유는 앤이 불쌍했기 때문이다. 마릴라는 나이

어린 앤이 그 동안 어떻게 살아왔는지를 들었다. 그래서 마음이 모질지 않은 그녀는 차마 앤을 고아원으로 되돌려보내거나 다른 집으로 보낼 수가 없었다.

두 번째 이유는 지나치게 내성적인 성격 때문에 사람들과의 관계가 원만하지 못한 오빠 매슈 때문이었다. 매슈는 특히 여성이라면 아주 나이가 많은 할머니나 젖먹이 어린아이라 할지라도 자연스러운 대화조차 나눌 수 없는 소심한 사람이었다. 그런데 이상하게도 앤하고는 얘기도 나누었고, 표정 역시 어색하지 않고 편안해 보였기 때문이다.

세 번째 이유는 자신들이 앤을 데려다 키우지 않으면, 마을에서 심성이 가장 고약하기로 이름난 블루엣 부인이 앤을 데려가 많은 일을 시킬 가능성이 컸기 때문이다.

2. 예시 : 나쁜 의도를 갖고 있었던 것은 아니었지만, 앤을 처음 본 린드 부인은 말라깽이인데다가 못생기기까지 했다는 얘기를 스스럼없이 했다. 게다가 주근깨는 왜 그리 많으냐고 하고, 빨간 머리카락까지 들먹이며 앤의 기분을 상하게 했다. 그런 이야기를 들은 앤은 화가 날 수밖에 없었다. 그래서 앤은 린드 부인에게 목소리를 높여 말대꾸를 했다. 결국 린드 부인은 꼬박꼬박 말꼬리를 물고 늘어지는 앤이 버릇없는 아이라고 생각하게 되었다.

3. 예시 : 앤은 처음부터 브로치를 만지지도 않았다. 그런데 브로치
는 어디론가 사라져 버렸고, 마릴라는 그 범인으로 앤을 지목했
다. 앤 이외에는 브로치를 손댈 사람이 없었기 때문이었다.

그런 까닭에 마릴라는 앤이 브로치의 행방을 모르겠다고 거짓말
을 한다고 생각했다. 결국 마릴라는 앤의 거짓말하는 버릇을 고
치기 위해 브로치를 가져갔다고 자백하지 않으면 소풍을 보내
줄 수 없다고 선언한다.

소풍을 가고 싶은 앤이 선택할 수 있는 길은 단 한가지뿐이다.
마릴라의 브로치는 본 적도 없지만, 거짓으로 자신이 가지고 나
가 놀다가 잃어버렸다고 자백할 수밖에 없었던 것이다. 하지만
결국은 모든 것이 마릴라의 잘못이었음이 밝혀진다.

4. 예시 : 멋진 외모를 가진데다가 공부까지 잘하는 길버트는 모든
아이들에게 인기가 높다. 그런데 새로 들어온 앤은 도무지 길버
트에게 관심을 보이지 않는다. 그래서 앤과 친하게 지내고 싶었
던 길버트는 속이 상하고 심통이 난다.

길버트는 앤의 관심을 끌 수 있는 방법을 생각해 낸다. 그것은
곧 앤의 최대 약점인 머리카락 색깔을 빗대어 '홍당무' 라고 놀리
는 것이다. 그러나 앤은 자신이 그런 놀림감이 된 것을 참을 수
도, 용서할 수도 없다. 그래서 앤은 길버트가 사과를 했지만 받
아들이지 않는다. 결국 두 사람은 말을 하지 않게 되고, 그들 사
이는 점점 멀어질 수밖에 없었다.

5. 예시 : 필립스 선생님이 떠나고 목사님과 알렌 부인이 새로 부임한다. 알렌 부인은 주일 학교에서 앤이 속해 있는 반을 맡게 되었는데, 모든 것을 어린이들 편에 서서 이해해 주는 사람이다. 그래서 앤은 알렌 부인을 좋아하게 되고, 마릴라는 그들 부부를 초록 지붕 집으로 초대하기에 이른다.

앤은 목사 부부를 위해 스스로 케이크를 만들어 준비한다. 그런데 재료 중에서 바닐라 대신 진통제를 넣는 실수를 저지르게 된다. 하지만 알렌 부인은 이상한 맛이 나는 케이크를 말없이 먹었고, 그 사실을 알게 된 앤은 자신의 방으로 들어가 슬피 운다. 하지만 알렌 부인은 마음이 따뜻한 사람이다. 그래서 슬픔에 빠진 앤에게 다가가 케이크보다는 앤의 마음씨가 예쁘니 그것으로 충분하다고 말한다. 그래서 앤은 다시 활기를 되찾는다.

6. 예시 : 매슈와 마릴라는 앤과 함께 살면서 정이 듬뿍 든다. 앤이 처음 왔을 때 되돌려보내지 않은 것을 다행으로 여기며, 하느님께 감사의 기도를 드리곤 했다. 그런데 앤이 진학을 위해 애본리 마을을 떠나야 하는 상황이 닥치자 허전함을 감당할 수가 없었던 것이다.

7. 예시 : 매슈 아저씨는 내성적인 성격 때문에 다른 사람과 마주치는 것을 부담스러워할 만큼 숫기가 없는 사람이다. 그래서 결혼도 하지 않았다. 하지만 앤을 데려와 함께 살기 시작하면서부

터는 모든 것이 달라진다. 자신이 정성을 다해 키워야 할 아이가 생겼기 때문이다. 매슈 아저씨가 숨을 거두면서도 입가에 미소를 머금을 수 있었던 것은 앤이 모든 것을 자신의 기대보다 훨씬 더 잘 해냈기 때문이었다. 또한 앞으로도 누구보다 알차게 살 수 있으리라는 확신이 섰기 때문이었다.

8. 예시 : 여러분 자신이 매슈 아저씨가 되었다고 가정하고, 앤이 어떤 아이인지를 생각해 정리하자.

9. 예시 : 매슈 아저씨가 저세상으로 떠나고 초록 지붕 집에는 마릴라와 앤, 두 사람만 남게 된다. 그런데 마릴라 아주머니마저 시력이 자꾸만 나빠져 자칫하면 앞을 볼 수 없는 지경에까지 이르게 된다. 그래서 앤은 자신을 지금까지 보살펴 준 아주머니를 위해 대학을 포기하고 애본리에 남아 아이들을 가르치기로 결심을 한다.

초등 권장 도서 세계 명작 시리즈

※효리원 세계 명작 시리즈는 계속 발간됩니다!